꽃의 정치

이 도서의 국립중앙도서관 출판예정도서목록(CIP)은 서지정보유통지원시스템 홈페이지(http://seoji.nl.go.kr)와 국가자료종합목록 구축시스템(http://kolis-net.nl.go.kr)에서 이용하실 수 있습니다.
(CIP제어번호 : CIP2020003114)

J.H CLASSIC 043

꽃의 정치

이영식 시집

지혜

시인의 말

풀꽃에게 이름을 지어주는 마음으로 썼다.

2020년

이영식

차례

1부

2부

3부

4부

1부

서시

가도 가도 끝없는 사막
낙타가 너무 목말라
더 이상 버틸 수 없을 때
낙타풀을 뜯어 먹는다
바늘 같은 잎 씹어
타는 갈증이 얼마나 풀릴까
가시에 찔려 흘러나온
제 입속의 핏물로
낙타는 겨우 목을 축인다
발톱 빠지고 물집이 터져도
오직 살아야
질기게 살아남아야
오늘을 건널 수 있으므로

시인

어린 왕자가 물었다

아저씨는 직업이 뭐예요?

나는 시인이란다

이 별에서는 시가 밥이 되나봐

그보다는
시에게 나를 떠먹이는 거지

자화상

동란動亂 통— 탄피처럼
흙바닥에 뚝 떨어진 연필 한 자루
침 발라서 꾹꾹 눌러쓰며 왔지

시작부터 기울어진 운동장
볼펜과 만년필 틈에 뼈저리게 굴러
구더기 떼 들끓던 날들이여

밑그림만 그리다가 몽당해지고
바로서나 거꾸로 누워도
그게 거기인 시절 밖의 나이

아무짝에 쓸모없다 내팽개칠 때쯤
부러진 연필심처럼 먹먹한 울음 속으로
시가 왔다

별도 별사탕도 되지 않는
시, 외눈박이 사랑에 눈멀어서야
꽃도 좋고 가시도 좋았다

\>

슬픔을 경작하느라
솔개그늘만한 밭 한 뙈기 품어 본 적 없으니
몽당연필 같은 시집 몇 권 달랑 메고
참 가볍게도 가겠다

폐가의 식사법

사람을 벗었다.

인적 끊기자, 빈집은 독거獨居로 방치되었다. 1일 3식 하던 식사도 끊고 공복상태를 유지했다.

위 대장이 쉬면서 소화분해흡수를 방해하던 독소가 빠져나갔다. 카드빚 마이너스 통장으로 몸살 앓던 악다구니가 잦아들었다.

사람냄새 지운 집은 제 몸 곳곳에 실금을 긋기 시작했다. 흙벽 금간 틈새마다 실핏줄 같은 길 내고 바람을 들여앉혔다.

생체리듬 밸런스가 조절되었는지 혈당이 떨어지고 정신이 맑아졌다. 폭삭 주저앉아도 좋을 만큼 그림자도 몸피를 줄였다.

슬하에는 사람들이 뽑아 패대기치던 잡초를 키웠다. 풀꽃의 수화에 나비 떼가 화답하며 날아들었다.

깨진 달팽이관 속으로 벌레 울음소리가 씨알씨알 자라고 밤마다 뭇별들의 방언이 쏟아져 들어왔다.

\>

거미줄에 매달린 이슬의 개수만큼 물방울 우주가 탄생했다.
공복을 건너는 하루는 텅 빈 에너지로 충만했다.

폐가의 날들이 싱싱하게 뿌리를 내렸다.

* 공복식사법을 하면 몸은 호르몬 등 여러 가지 생체리듬의 밸런스를 재조정할 수 있고
에너지 대사능률을 향상시킨다(대체보완의학저널).

두부를 건너는 여자

피랍 365일째
어머니는 두부처럼 앉아계시다
요란했던 구급차 울음소리로부터 시작된
격리,
머리맡 수북이 쌓인 약봉지 펼치듯
사계절 돌아온 홍매가 충혈된 눈을 떴다
오늘도 어머니는 두부처럼 앉아계시다
세상 건너는 법 알려 주마는 듯
두부처럼 소리 없이 웃으며 고요하시다
반복의 틀에서 찍어지는 하루
5인실 병상 커튼과 링거 병에 둘러싸인
두부는 생각도 하예지고 있다

내가 파먹고 버린 두부
내가 속을 썩여서 식용도 못되는 두부
노인 병원 철제침대 모판에 갇혔다
두부는 무엇을 도모하지 않는다
사랑하거나 미워하지 않는다
오늘도 어머니는 끝물 두부처럼 앉아계시다
두부를 건너고 있는 저 가슴속

연분홍 치마 휘날리는 처녀가 남아있는지
'봄날이 간다'를 불러 달라신다
백발 나날이 흑발로 갈아입고
텅 비었던 잇몸에 다시 이빨이 솟는다
식어버린 순두부 같은 계절이다

입술에 붙었던 이름 하나 둘 떼어놓으며
오늘도 두부는 파킨슨 씨와 놀고 있다
내, 어머니를 건너가고 있다

꽃의 정치

불, 질러놓고 보는 거야
가지마다 한 소쿠리씩 꽃불 달아주고
벌 나비 반응을 지켜보는 거지
그들의 탄성이 터질 때마다
나무에서 나무로 번지는 지지 세력들
꽃의 정부가 탄생되는 거라

꽃은 다른 수단의 정치*
반목과 대립이 없지
뿌리는 흙속에서 잎은 허공에서
물과 바람
상생의 손 움켜쥐고
나무마다 꽃놀이패를 돌리네

봄날 내내 범람하는 꽃불을 봐
꿀벌은 꽃이 치는 거지
벌통으로 키우는 게 아니야
코앞에 설탕물을 풀어놓은들
그게 며칠이나 가겠어
검증되지 않은 수입 교배종으로

벌 나비의 복지를 시험하지 마
같은 꽃 같은 향기더라도
오는 봄마다 새로운 꿈을 꾸고
행복해 하는 거야

봄날은 간다
꽃의 정부가 다하더라도
후회는 없어
튼실한 열매가 뒤를 받혀 줄 테니까

* 클라우제비츠의 전쟁론 중 '전쟁은 다른 수단의 정치'를 변용함.

이별이라는 거

쾌도로 내려칠까요

민어대가리처럼
뚝 잘라
맑은국이라도 끓일까요

자, 한 그릇
당신과 내 가슴 우려낸
국물이예요

아직 싱겁나요
그럼 울음 몇 방울 섞어 드세요

시

무거운 등짐지고
사람 사이로
끌려다니던 말,
고삐 풀어
들판에 내놓고
마음껏 뛰어놀게 했다

가서는
돌아오지 말거라

수레국화 장례식

甲의 장례식이다.

영안실 복도에 다발로 묶인 국화 꽃숭어리가 수레바퀴처럼 둥글게 엮여 이박삼일 이승의 시간을 말리고 있다.

삼삼오오 몰려온 문상객들.
영정 속 망자 얼굴보다 입구에 늘어선 조화의 개수와 검은 리본자락에 박힌 꽃의 출처에 더 많은 눈길을 던진다.

구두는 밟히고 뒤집히고 슬쩍 바뀌기도 하지만 수레국화는 향기의 처소였던 골격을 유지한 채 부동자세다. 허공에 꽃피웠을때 누렸던 호사는 등뒤 철삿줄로 꿰어 가뒀다.

호시절, 그 많던 나비 떼는 한 마리도 찾아오지 않는다. 햇볕도 바람도 방명록에는 빠졌다.

억척으로 쌓은 재물 써보지도 못하고 억울해서 북망산 어이가시나. 수다꾼들의 빈정거림 끝자락에 어느새 비의가 깃든다.

가끔 화투패가 튀어 청풍명월을 보여주기도 하지만 누렇게

말라가는 국화 꽃술들은 향낭에 지녔던 기억을 까마아득 지울 뿐이다.

　삼일장, 왁자함 뒤로하고 영구차 빠져나가자 직립으로 서있던 꽃들은 순식간에 파쇄기로 끌려가 머리부터 들이박힌다.

　가가기긱— 곡비처럼 우는 기계음 속으로 수레바퀴들이 탈탈 털려 들어가고 있다. 乙의 장례를 완성시킨다.

참, 독한 연애

늘 혼자였던 집
밥풀떼기만한 집에 불이 났다
불구경꾼 하나 없도록
충분히 외로웠던 집
안팎을 이 잡듯 뒤져보았으나
발화점은 오리무중이다

말과 말
이물감의 질료들이 충돌하며
노이즈가 발생하는 집
불타기 위해 세워진 집이다
다량의 인화물질이 내장된 벽
누군가의 입술에서 호명되는 순간
불타서 사라지는 집이다
어깨만 툭 치고 지나도 불꽃이 튀지만
얼음같이 서늘한 눈빛으로
불씨 지닌 가슴을 알아보는 집
견고한 침묵의 가시관에
청동빛 고독이 슬어있는 유배지
언어의 집이다

질문만 있고 답을 얻지 못하므로
늘 뜨거운 소용돌이가 지키는
성체, 시인들이 가만히 무릎 꿇는
이유가 되기도 하는

참, 독한 연애다

나쁜 페미니스트

냉장고를 비웠어

바라보기만 해도
사철 내내 배가 부르던 식재료들
모두 털어내고 나니

이게 웬일?
슬슬 허기가 지더라

사랑도 그랬지

곁에 있을 때는 몰랐는데
빈자리가 자꾸 날 울리더라고

버린 사과에게 사과도 못하는
난 참 나쁜 여자야

공평한 의자

눈이 내린다
사뿐히 내려앉는 눈송이에게
지상의 것들은 의자다
빌딩, 리어카, 소잔등까지도
눈의 엉덩이엔 모두 공평한 의자다

눈송이는 가볍게 내려앉는다
천공을 건너오는 백색의 춤사위 아래
마른 풀잎도 의자다
부서진 의자도 의자다
의자는 공평하게 고요를 받아 앉힌다

사람의 어깨만 눈발을 털어낸다
하늘의 깨끗한 한 소식,
끝내 듣지 못한다

사물의 편에 서다
　　— 뼈

곰탕집 뒤란
뼈다귀들이 쌓여 축제를 벌이고 있다

내가 털어 넣은 한 사발 사골국물도
저들의 사지四肢로 고아냈을 터,
갈비뼈 등뼈 다리뼈… 살점 발라주고
말갛게 씻긴 백골들, 협찬이라도 받은 듯
정오 햇발을 제 깜냥 받아 누린다
그늘 한 점 없다

삶의, 삶에 의한,
삶을 위해 복무하지 않는 뼈

탈탈 털어도
먼지 한 톨 떨어질 것 없는
뼈다귀들은 모서리마다 곡선을 지녔다
원심怨心이 아니고 원심圓心이다
들끓지 않는다

생몰生沒을 건너온 어법

명징하다
뼈바늘 같은 시 한 편 쓰고야 말겠다는 듯
새하얗게 빛나고 있다

막 내리고 연극이 시작되다

막이 내렸다
커튼콜 뒤로하고 우리는 분장을 고치기 시작한다
리어왕을 지우고 올리버 공작을 지우고
공주의 새빨간 입술을 지우고…
셰익스피어도 감쪽같이 모르게
대리운전, 알바, 비정규직 가면 눌러쓰고
소극장 뒷문으로 빠져나간다

격랑의 거리
부서질 준비 되어있는가
악어의 이빨과 눈물이 필요하다
더 치열하게 더 비열하게 자본의 음부를 핥아야 한다
삶이 나를 속일지라도?
아니, 내가 삶을 속이는 것
쓸개 떼어버린지 이미 오래다
허리춤에는 몇 개의 가면이 매달려 있다
대학로 무대보다 더 생생한 광기가 필요해!
좀비 놈보다 더 독하게 따라붙어야 입에 풀칠이라도 한다

막 내리고 다시 연극이 시작되었다

파도와 돌개바람 속 누구의 남편이고 아비이고
나를 사용하는 자의 페르소나이다
커튼콜은 없다

사자에게 막말하기

사자 한 마리 다가왔다.

미사일처럼 날렵한 몸, **뼈**를 감싼 근육 실룩거리며 성큼성큼 걸어온 사자는 내 귓속에 비밀 한 조각을 밀어 넣어주었다.

나도 시를 써요— 매일 식솔들이나 챙기다 보니 너무 무료하고 심심해서 몇 해 전부터 시를 쓴다고 했다.

살점은 몽땅 달아나고 핏물 말라붙은 양피지에 쓴 글을 꺼내 보이며 화평話評을 부탁했다.

바오밥나무 아래 어린왕자라면 몰라도 밀림의 왕자시인이라니! 그의 핏빛 입술이 몹시 두려웠다.

내가 말 한마디 못하고 머뭇거리자 채근하듯 무릎에 갈기진 머리털을 문지르는 사자, 힐끗 올려다보는 눈빛이 뜨겁다. 나를 먹어치우려는 것일까?

사자가 의미 모를 웃음을 흘리는 순간 얼핏 보았다. 그의 입속에 이빨이 없다. 무시무시한 송곳니가 없다. 그리고 보니 발톱도

뭉개지고 모두 빠졌다.

이런 젠장, 개나 소나 모두 시인이 되는 줄 알아? 문장 하나도 제대로 심어놓지 못하는 주제에 무슨 꽃이 피고 열매가 맺기를 바라는 거야!

막말이 튀어나오려는데 내 손등 위에 뚝 떨어지는 눈물 한 점, 사자의 눈물이다. 왕좌를 잃고 무리에서 떠밀려나 궁벽한 처지 란다.

나는 풀죽은 그의 어깨를 쓰다듬으며 나직이 말했다.

문장을 갖는다는 것은 나무에 꽃이 피는 것과 같지요. 당신의 꿈을 포기하지 마세요. 꽃이 될 수 있어요

시와 소금

소금과 시, 참 많이도 닮았다.

바닷물의 결정체가 소금이듯 시는 언어를 갈아엎어 금강을 캐
놓은 것. 소금은 양념의 시작이고 시는 문학의 뿌리다. 소금 뿌
려 배추를 절이듯 삶이 팍팍해질 때 시 읽어 간 맞추고 느린 시간
을 들여앉히자. 고래로 우리 몸속에 지니고 사는 소금기처럼 늘
시의 숲길 거닐어 서정의 결을 느끼자. 중국 운남성 지하에서는
염수鹽水가 샘솟는다. 그러니까 저 설산고원도 한때는 심해였다
는 말인데 이 엉뚱한 비약과 반전이라니! 시적 상상력 아니고는
따라갈 도리가 없겠다. 티베트, 인도까지 실핏줄 같은 차마고도
넘어오는 소금 한줌에 목숨줄 대고 사는 야크를 보았는가. 고산
지하에서 퍼올린 염수가 소금 꽃을 피워내듯 시는 높고 외로운
곳에서 홀로 천리향으로 빛난다. 소금은 출렁거렸던 파도의 위
반이고 시는 중얼거렸던 언어의 배반이다.

엄정한 응결, 시와 소금은 너무나 닮았다.

2부

백비탕 白沸湯

커피자판기에서 맹물이 쏟아졌다

조약돌 삶은 맛이라니!

맹탕 같은 웃음이 실실 쏟아져 나왔다

홀딱벗고새

곱게 늙은
절집에서의 하룻밤

홀딱 벗고—
홀딱 벗고—
검은등뻐꾸기 운다

이 깊은 도량에
누가 음란코드를 심어놓았나
부처님 앞에서도
홀딱 벗고—
비구니스님 목탁 위에도
홀딱 벗고—

전재산
시집 몇 권뿐인 시인도
알몸으로 벗겨
달빛에 널어놓는
홀딱벗고새

검은 등 홀딱 벗고 환하게 운다

* 두견이과의 철새인 '검은등뻐꾸기'의 울음소리가 '홀딱 벗고 홀딱 벗고'와 비슷하게 들
려 이런 별칭이 붙었음.

달은 감정노동자

달은 노동자라네
외발자전거 바퀴로 중천에 기어올라
천지간에 달빛 퍼주는 거라
달항아리 같은 지구를 돌면서
음과 양, 생체시계 조절하고
달거리를 맞춰주는 거라
그래야 첫울음 터뜨리며 아기가 태어나고
거북이도 수북하게 알을 낳는 거라

달은 비정규직이라네
38만4천km 내달려온 파견근로자
사계절 출퇴근시간 다르고
대체인력이 없어 파업도 못한다네
뒤통수의 그늘 깊지만
서비스 정신 투철하게 벙글거리는 달
주머니 탈탈 털어봤자 6펜스뿐인
몽상가의 턱이나, 시인의 가난한 창가에
날밤 새우는 비정규직의 일당은
최저임금도 비켜가는 거라

달은 감정노동자라네

달빛을 아이쇼핑하는 자들이여

손님은 왕이다

달에게 삿대질 하라

무릎 꿇게 하라

차고 기울면서 감정을 조절하는

달의 코밑까지 침 튀기며 뭐질 해서

우울증 걸리게 하라

그러나, moon이자 門인 달

당신의 삶이 외통수에 걸렸을 때

궁지에서 탈출할 배 한 척이

머리 위에 정박하여 대기 중임을 잊지 마시라

이빨 우는 소리를 들었다

소설가 김훈이 'TV 책을 말하다'에 출연했다. 글쓰기의 치열함에 대하여 말했다.

"나는「칼의 노래」를 쓰면서 이빨 여덟 개를 뽑았다. 몰아서 쓰다 보니 이빨들이 들솟았다. 빼서 쓰레기통에 퉤퉤 뱉으면서 썼다."

그가 밤새워 써내려간 단어 하나하나가 날선 비수이고 문장 구절이 노래가 아니고 무엇이랴!

바람벽 시계도 가만히 귀를 열고 쓰레기통 속에 버려진 이빨 우는 소리를 들었을 것이다.

한 수저의 밥알 속에 숨은 치욕과 낚시 바늘 씹어 삼키면서 칼의 노래를 또박또박 눌러쓰던 그의 모습이 노량해전의 마지막 전투처럼 비장하게 떠오른다.

나는 입속의 혀를 굴려서 이빨 여덟 개 퉤퉤 뱉어내고 민둥산이 되어 남을 법한 빈자리를 가늠해보았다. 완전 폐허가 된 붉은 잇몸에 박혀서 이를 갈고 있을 슬픔의 뿌리들—

>

시인의 모자 쓰고 허명을 좇으며 살아왔지만 내 몸 어디엔가
는 아직 세상에 써지지 않은 시가 꿈틀거리고 있어서 이빨들이
건재한 것은 아닐까?

겨울담쟁이 새빨간 이파리가 나의 초상처럼 벽에 붙어 이빨들
이 우는 소리를 내고 있다.

괘종시계 걷는 법

사내가 허공을 걷고 있다
하루 스물네 점
쉼 없이 건너는 시간여행자
왼쪽불알 추로 세워
좌우 치우침을 모른다
아무리 걸어도 늘 제자리
사내의 구두는 발자국도 없이
소리로만 걷는다

입주 사십년, 붙박이
우리 부부의 내밀한 밤을 지켰고
아이 둘을 키워 내보냈다
바람벽에 붙어살면서도
제 몸 밖을 꿈꾼 적 없는 사내
내부를 열어보면
곁을 내주며 서로 품고 돌아가는
톱니의 가계家系가 드러난다

속도전의 시대?
사내는 아날로그 식 보폭이다

허공에 겹겹 결을 내어
집안 구석구석 종소리로 채우고 있다
고물상도 등 돌리는 저 몰골
나는 사내의 보법을 배우고 싶다
세상 어떤 바람에도 어김없이
또박또박 걸어가 닿는
무량한 세계,

다 닳고 낡은 구두가
기적처럼 하루를 건너가고 있다

낙타자리
― 어느 몽상가의 별에게

낙타야

바보사막에서 온 낙타야

단봉의 허허로움 녹여 시로 빚어놓고

시도 때도 없이 음용하더니

헐렁해진 몸피 벗어

낙타자리 함함하게 걸어놓은 몽상가야

지금 어느 세한도 속

나귀와 놀고 있니

무위와 실컷 놀고 있니

오늘은 아무도 해태를 돌지 않는다

>

어서 오십시오

안녕히 가십시오

저 혼자 비에 젖고 있다

* 한밤중 전화해서는 "영식아 뭐하니. 나, 비가 와서 술 먹고 있다. 비가 와서 쓴 시 읽어
줄 게 들어봐라." 하던 신현정 시인. 그를 보내고 '바보사막'을 곰곰 되씹다가 새벽 3
시에 쓰다.

수화手話

소리 없는 말이다, 손바닥 위에서
펴고 접으며 한 생애를 건너는 눈물 꽃

아메리카노에게

아메리카노에 손가락만한 스틱 설탕이 따라 나왔습니다
회사동료들과 둘러앉아 블랙으로 마시면서
막대형 봉지를 바지주머니에 슬며시 주워 넣었습니다
몇 개의 가로수 스쳐지나 혼자 들어선 골목길
종이막대기 속 설탕 5g의 입자粒子를 입안에 털어 넣었습니다
엄마 몰래 찬장 구석 유리항아리에서
백설탕 한 수저 닝큼 물고 나와 내달리던 59년 왕십리,
노랗던 하늘이 달콤 천국으로 새하얗게 쏟아져 들어옵니다
그 시절 아메리카— 노no
5g도 안 되는 내 꿈의 거룻배로 건너기에는 너무 먼,
머나먼 별의 나라였습니다

깨진 밥그릇을 위한 기도

한 여자가 떠났습니다.

취할 새도 없이 쨍그랑! 외마디 비명 남기고 여자는 벼랑 아래로 몸을 날렸습니다.

보석이나 명품에는 눈도 주지 않고 소풍은커녕 외출 한 번 제대로 해본 적 없는 여자입니다.

늘 몸 정갈하게 닦고 기다리다가 삼시세끼 챙겨주던 그런 여자입니다.

치장이라면 자기 몸에 福자나 목숨 壽자를 새겨 나의 복 나의 장수를 빌어주던, 세상에 하나밖에 없는 내 여자입니다.

백년만의 추위라던 어느 겨울날 아랫목 이불 속에서 데웠다가 뜨끈하게 열어주던 가슴의 지극한 정성을 어찌 잊겠습니까?

신이시여! 맹목의 사랑 퍼주고 간 그 여자를 좋은 곳으로 인도하시고 원하옵건대 다음 생에는 그가 나의 주인으로 오게 하소서.

\>

    무간지옥 어떤 불구덩이를 건너서라도 그 여자에게 따듯한 밥
한 그릇 올리고 싶습니다.

꽃은 어디로 갔다

마법의 날
이슬처럼 비치던 꽃,
무기이며 방패였던 산란의 꿈
저버리고
꽃은 어디로 갔다

늦가을
폐사지에 부는 바람처럼
방향 자주 잊은 채
깜박깜박 졸다가
어딘지 모르게 꽃은 갔다

내가 시를 읽어주마
박하사탕 깨물어주마 해도
여우비 발자국 따라
정처도 없이
꽃은 어디로 갔다

달마다 쏟아놓던
아내의 붉은 꽃잎은

물오른 아이에게 옮겨 앉아

해마다 봄이면

묵은 안부를 묻곤 한다

소금의 시학

소금꽃이 피었다
곰소염전 개펄에 모인 바닷물
곤히 잠들었던 소금을 깨우는 것은
햇볕과 바람 그리고 염천에
땀 흘린 염부의 노역과 기다림이나

소금 한 줌 속에 졸아있는
열 말의 바닷물을 생각해 본다
올곧게 품었던 마음자리에서
묵히고 삭여 간수 쭉 뺀 순백의 언어
천일염처럼 깊은 맛 우러나는
시 한 편 쓰고 싶다

시도 소금도 참 눈물겹다
햇볕과 바람이 소금을 내듯
지지한 삶에 간 맞춰주는
절정의 시 한 편
당신에게 읽어주고 싶다

바다와 해와 바람을 떠먹이고 싶다

체게바라 할머니

신내동 굴다리 지하차도

폐휴지 리어카에 매달린 노파

깡마른 어깨와 굽은 허리를 티셔츠로 감싼 채

자동차 줄줄이 세워 서행으로 끌고 있다

때 절은 검은 T셔츠 위에 프린팅 된 체게바라

젊음도 혁명도 놓치고

무너진 젖무덤을 소금꽃으로 덮고 있다

꿈은 꿈으로 끝날 뿐이야

삶이 매달린 수레바퀴에 기적 따윈 없어

체는 노파를 노파는 리어카를

리어카는 힘겨운 하루를 끌고 있다

정글이 따로 없다

빈집

독거노인
먼 길 떠 난 뒤

빈집 드나들던 말벌들
집을 두 채나
새로 지어 분양했다

고양이는
새끼를 세 마리나 낳았다

마당에는
잡초가 무성해서
풀꽃이 피고
벌 나비가 날아들었다

밤이면
풀벌레 잔치 속에
별빛이 한가득 내려 앉아 놀았다

노인이 떠난 뒤

빈집은 독거를 면했다

사방 뚫린 바람벽
무엇을 탕진해도 좋았다

달항아리

꽃나무 한 그루 심으려 땅을 파보니 폐비닐조각이 끌려 나온다. 차라리 사금파리 조각이라도 만났으면 좋겠다. 죽어서도 날이 선 선비 같은 사금파리에 손이라도 베었으면 좋겠다. 조각조각 이어붙이면 청자이거나 백자항아리로 다시 태어날지도 모를 정신, 한 조각이 그립다.

요즘 현대시의 밭에도 서정의 탈을 쓴 좀비들이 난무하고 있다. 시인공화국, 파종하듯 뿌려지는 시앗들이 그렇다. 독자에게 외면당해 시집 판매대도 잃고 시인끼리 돌려 읽는 불통의 언어. 뜻은 묻지도 따지지도 말고 느낌으로 따라오라는 오만덩어리들.

복사나무 가지 휘어질 듯 큰 달항아리가 걸린 봄밤이다. 저 은은한 달빛 녹여 누가 시를 쓰고 있는가. 누가 시를 읽고 있는가. 수복문壽福文 밥그릇처럼 따뜻한, 사금파리 날처럼 서늘한, 품어 안으면 달덩이처럼 가슴 부풀어 오르는 그런 시집을 만나고 싶다.

시인이 쓰고 독자가 읽어 완성하는 상생의 시 세계로 날고 싶다.

저 아무개 별에게

내가 아는 어느 시인은
별들에게 이름을 지어주는 취미가 있다
까뮤, 쌩떽쥐베리, 니체 같은 이름 붙여주며
가슴 환하도록
별들의 명명식을 하는 것이다
그러나, 오늘밤 나는
저 별들의 이름을 지우기로 한다
철필鐵筆로 쓴 이름 떼어내고
별자리의 틀에서 풀어놓기로 한다
샛강 차오르는 은어 떼처럼
싸라기별들이 헤엄치게 하고 싶다
가끔은 내 꿈속에도 내려와 놀고
술잔 위에도 앉히고 싶다
이름을 벗고 알몸으로 온 별들
첫사랑의 키스보다 뜨거울 것이다
금싸라기 술 몸안에 퍼지면
내 허명虛名 또한 희미해질 것이고
수수깡 집처럼 무너져도 좋으리
그런 날에는 빗장 친 관념을 벗고
눈물방울 화석, 저 아무개 별과
한살림 차려도 좋겠다

낙타가 사막을 건너는 법

낙타의 눈은 먼 곳을 본다

길 없는 길,

방향키가 잡히면 앞발굽이 성큼 나선다

뒤 굽은 궁리가 없다

등줄기에 우뚝 선 단봉單峰 같은 믿음으로

오직, 밀고 갈 뿐이다

사막을 건너는 것은 사자도 치타도 아니다

고비를 넘는 그림자는

굳기름을 혹으로 짊어진 낙타다

다클라마칸—

>

한번 들어가면 살아나오지 못한다는 말

햇볕과 마주서지 않으려는 자의 궁리에서 나온 변辯일 뿐

낙타에게 정공법正攻法 말고는, 달리

수가 없다

3부

희망고문

"너 아직 시 쓰니?"
날선 비수가 날아왔다
피할 새도 없이
가슴 깊숙이 꽂히는
짧고 날랜 칼
"다 죽은 자식
불알 만져 뭐하게—"

껄껄 웃으며 돌아서는 선배
한 번 더 못을 박는다
"헛꽃 같은 시
저들끼리 돌려 읽는 시집
시를 희망인 척하면서
고문하고 죽이는 건
바로 시인들이야"

썩은 사과 한 개가
내 심장 위로, 쿵!
뛰어내리는 소리를 들었다

슬픔인증제도

저녁이 있어 고맙다
낮에서 밤으로 선뜻 건너가지 않고
세상 온갖 풍경들
사위는 모습
고즈넉이 바라볼 수 있는
어스름 저녁이 있어 고맙다

초록에서 단풍으로
느릿느릿 물감 칠해가는 나무
계절의 슬픔 인증샷 하듯
가을 이파리에 구멍을 뚫는다
사람의 노년도 그렇지
주름살과 흰머리
잔잔하게 그늘 불러내는
그윽한 시간이 있어 고맙다

벌레들 울음조차
그만한 슬픔으로 더 환해져
고마운 때가 있다

의자의 나라는 없다

의자를 등에 지고
머리에 이고 다니는 나라가 있단다
기대고 앉아 쉬던 의자를
극진히 모시는 나라
깨지고 부서져
허름한 의자도 버리지 않는다
세상 이치가 그러하듯
아프지 않은 다리는 없다
빨강 노랑 칠하고 니스를 입혀도
의자는 늙는다

오늘 나는
누구의 의자가 되었던가
의자는 눕지 않는다
거꾸로 설 생각을 해본 적도 없다
서로 으르렁거리지 않는
의자의 나라, 내 몸을
세상에 내놓은 의자를 생각한다
깊이 때려 박은 못 자리
일상처럼 파먹던 가슴

내가 잡고 버틴 의자의 다리
늙은 의자가 서있던 자리 기억나지 않는다

우리 집 뒷방
팔십 령 흔들의자 한 개
삐걱대는 관절로 하루를 건너고 있다

겨울 담쟁이의 시

중세의 성 같은 돌담 집
몇 길 높이 담벼락에 시 한 편 걸려있다
겨울담쟁이가 손으로 발로
온몸 밀어 올리며 쓴 육필 시화전이다
실핏줄로 겨우 이어붙인 아찔한
문장, 빛나는 수사修辭가 없다
여름내 펼치던 구호 모두 떼어내고
생활전선에 바짝 붙어선 동사뿐이다
허리춤에 매달린 끝물 열매 몇 개
그마저도 새들에게 털리고
알몸의 시는 겨울벽화로 붙어 있다
CCTV가 곳곳 눈 치켜 뜬 성채들
누구는 좌, 누구는 우를 읽고 가지만
그러든 말든 벼랑 끝에 붙어서
기어이 제 목소리를 펼쳐 보이는
겨울 담쟁이의 시,

얼고 부르튼 손으로
세한歲寒의 계절을 움켜쥐고 있다

발의 적막

맨발걷기가 드물어졌다
어쩌다 땅 위를 맨발로 걷는 일이
힐링코스 특별체험 행사처럼 되었다
양말과 신발로 감싸 안은 발,
아스팔트와 보도블록으로 무장시킨 땅,
발바닥과 땅바닥은 격리되었다
바닥이 바닥에 닿지 못한다

진흙탕, 개똥자리, 염천자갈밭…
흙내도 제대로 맡아보지 못한 발은
죽어서도, 땅으로
흙으로 돌아가지 못한다
생흙이 닿기도 전에 불을 먼저 만나는 발
유골함 속 어둠의 사자가 된 발은
호접몽을 접었다

제 발 저린 무릎연골 족들이 가끔 찾아와
향기 없는 조화 몇 송이 놓고 간다
흙을 만나보지 못한 종이꽃은
철심 박아 넣은 힘으로 발의 적막을 버티고 있다

인디언 술래잡기

사냥꾼 피해 달려온 사슴처럼 아이가 자귀나무 뒤에 몸을 낮게 붙였다.

'아무도 나를 찾지 못하겠지.'
나무 뒤에 숨은 아이의 꿈처럼 자귀나무는 제 그림자를 내려 아이를 감싸기 시작했다.

나무그림자는 아이의 머리에 새로운 뿔을 박아주고 어깨로 가슴으로 번져 내려와 아이의 몸속으로 스며들었다.

나무보다 더 나무 같은 아이의 온몸에 짙푸른 잎맥이 솟고 새 뿔을 얻은 사슴처럼 생각의 이파리들이 무성하게 피어올랐다.

못 찾겠다 꾀꼬리!
아이와 함께 잔뜩 움츠렸던 숲속의 나뭇가지들이 술래의 노랫소리에 잎잎 부챗살을 펼쳐들었다.

자귀나무 뒤에 숨었다가 꽃사슴이 된 아이가 뛰쳐나왔다.
묵정밭에 숨었다가 고라니가 된 아이가 뛰쳐나왔다.
칡넝쿨 숲에 숨었다가 산토끼가 된 아이가 뛰쳐나왔다.

>

　들꽃의 누이였고 검독수리의 형제였던 아이들이 호수 위로 불어온 바람의 정령을 몰고 뛰쳐나왔다. 옥수수수염이 나는 달이었다.

거울이 없으면 여자도 없다

학여울역에 정차했던 전동차가 출발하고 내 왼쪽 빈자리로 한 여자가 다가와 앉았다.

난장이를 겨우 면한 듯 보이는 중년의 그녀는 앉자마자 잔주름이 많은 악어무늬 핸드백 속에서 손거울과 립스틱을 꺼내 들었다.

체리핑크 색으로 꽃 입술을 그리기 시작하는 여자의 손가락들이 나무뿌리처럼 뒤틀려 있다.

나무가 뿌리를 부끄러워하지 않듯 여자는 뒤틀리고 구부러져 펼 수도 없는 손가락으로 체리핑크 꽃을 당당하게 피워 올렸다.

손거울 속으로 들어가 꽃잎을 빨고 있는 여자의 양미간 주름이 만개한 목단꽃 이파리처럼 활짝 펼쳐졌다.

세상에 거울이 없으면 여자도 없었다는 듯 홍학 한 마리가 푸드덕 날개를 쳤다.

햇살론*

햇살은, 해의 살입니다

빛의 속도로 일억사천구백만 ㎞를 날아온
해의 살을
비와 바람에 섞어 마시고 지상의 초록이 자랍니다
꽃 피우고 열매를 맺어 내놓습니다

이 한 수저의 밥알도
햇살 받아먹고 여물었으니
우리는 지금 해의 살을 씹고 있는 것
해의 피톨을 삼키고 있는 것

보세요!
재기를 꿈꾸는 사람들에게
해의 살은 또 다시 옵니다
햇살론에 실려 한줄기 빛으로 옵니다

부디, 빚이 빛이 되지 않기를…

* 대부업 등에서 30-40%대 고금리를 부담하는 저 신용, 저 소득 서민에게 10%대 저금
리로 대출해주는 서민대출 공동브랜드.

시 한 편 읽고 나서

쌀 '미米'자 속에는
여덟 '팔八'이 두 번 들어있다지요
논 갈고 볍씨 뿌리고
모내기하고 병충해 막아주고
햅쌀 한 톨이 반짝이며 태어나기 위해서는
농부의 손이 여든여덟 번 오간다지요
그러니, 나는 한 수저의 밥을 떠먹으며
땀과 눈물이 밴 농부의 노역을
그 갈기진 손을 맛나게 씹고 있는 거지요

'시詩'자 속에는
말씀을 모시는 내시가 산다지요
제 불알 뚝 떼어 던지고
시를 신으로 모신 채
벼랑 끝 소나무처럼 붙어산다지요
나는 한 편의 시를 읽고 나서
아, 쉼표마저 생략한 호흡 속에
여든여덟 번은 오고 갔을
고독한 마음자리를 생각합니다

>
   살얼음 짚는 글발의 보폭으로

또 하나, 모난 사랑 법을 배우는 중입니다

'작은 나무'가 달려왔다

네 살배기 꼬마가 달려왔다
엉거주춤 엎드려 받아 안은 내 품으로
함박꽃 한 다발이 뛰어들었다
함박웃음은 혼자 달려온 게 아니었다
손에 들린 바람개비가 딸려왔다
종종걸음 꽁지에 천사어린이집이 딸려왔다
빈 도시락이 딸랑거리며 딸려왔다
함박꽃 피워낸 햇볕도 바람도 딸려왔다
세상 별의별 꽃향기들이,
온갖 꿈 푸른 날개들이 딸려왔다
태어나 첫울음 터뜨린 뒤
고개 들고, 뒤집고, 기고, 앉고, 걷고…
일순 쉼도 없이 켜켜이 쌓아올린 생명책이
17kg의 살과 뼈를 품고 딸려왔다
주름살로 접힐 뿐인 내 저녁의 시간 앞에
'작은 나무' 한 그루가 달려왔다
영혼이 따뜻했던 날들*을 다시 품고
한아름 함박꽃 웃음으로 핫핫
내달려오는 것이었다

* 포리스트 카터Forrest Carter 著 『내 영혼이 따뜻했던 날들』에서 인용함. 주인공 인디언
  꼬마의 이름이 "작은 나무"임

시인동네

궁금했어요
외롭고 높고 쓸쓸한 산1번지
저 동네 사람들 무얼 먹고 사는지
방귀냄새조차 향기로운지
골목마다 계절 없이 온갖 꽃 피고
창틈에서 새어나온 노래가
밤하늘로 옮겨 앉아 별이 되는지
모든 죽어가는 것들을 사랑하는지
매일 닦고 조이고 기름 치는
삶의 비린내 그런 거 말고
집집 커피 볶는 냄새가 담을 넘는지
강철로 된 무지개가 뜨는지
껍데기는 가라, 알맹이들만 남아
폴란드 망명정부의 지폐를 사용하는지
애비가 종이었는지
풀은 바람보다 먼저 눕고
바람보다 먼저 일어나는지
지금도 우편배달부가 자전거로
손 편지를 전하는지
정말 궁금했습니다

쥐눈이콩만한 원고료로

시인동네 사람들 어떻게 살아가는지

* 위 작품에는 선배시인들의 시 구절이 인용되었음.

사랑은 늙지 않는다

어디서 날아왔을까
사랑이라는 이름의 작은 새
너를 만난 날부터
세상은 온통 무지갯빛
입술에 맺히는 건 노래요
손으로 받아 그리니 시가 됩니다

누군가를 사랑하는 당신은
낭랑 18세입니까
꽃중년입니까
아, 칠십 고개 어르신도 계시네요
저마다 혼자만의 색깔로
꽃주머니를 만들고 싶겠지만
뿌리를 들여다보면
한 나무 같은 가지에서 핀 꽃
벌 나비를 부르기 위해
절정의 향기를 모으고 있습니다
늙은 사랑이 있을까요
사랑 앞에서는 누구나 청춘
모두 서툴고 새롭습니다

\>

별이라도 따 주고 싶은 간절함으로
사랑은, 늙지 않습니다

마지막 고스톱

청홍단 꽃 시절 다 지나가고
어머니 깡마른 손등의 핏줄
저승 문턱에 닿은 듯 가늘고 희미하다
이번 生에 받았던 패는 별게 아니었는지
쥐었던 화투장 줄줄 흘리면서
흑싸리에 홍싸리를 붙여 먹어간다
어머니 손안에 펼쳐진 놈들 넘겨다보고
짝 맞춰 내 패를 슬쩍 던져놓으니
옳지, 오늘 참 잘 맞는구나
텅 빈 잇몸 드러내 웃으며 고고―

치매예방에 좋다지요
의사도 눈감아 준 병상에서의 고스톱
비풍초똥팔삼… 던지고 뒤집히고
파도처럼 굽이치던 한 생애가
낙장불입 단풍처럼 시들었다
그날 고고하던 고스톱을 끝으로
어머니는 먼 길 떠나가셨다
유골함 곁에 고이 모신 화투 한 모
48장 굽이굽이 한 여자의 길이
손때 묻은 그림책으로 쌓여있다

걸레

종로 피맛골
외진 그늘자리 목련나무 한 그루
불상놈처럼 서있다

8차선 도로에서 숨어든
직립동물들이 오줌 내갈기고
토사물 쏟아놓고
고얀 냄새 풍겨대는 사이
겨우내 얼고 떨며 노숙하던 나무가
마술을 시작하고 있다

작은 솜털모자 속에서
하얀 새 한 마리 꺼내 놓는다
새는 새를 낳고
바람을 들이고 꿈을 펴고
어느새 새떼가 되어
피맛골 좁은 골목
새하얀 날개들의 천국이다

새들이 봄 햇살 물어 나른다

골 먼지, 찌든 때,
껌 딱지처럼 붙었던 얼룩 닦아내고
연두 빛 새 이파리 들여앉힌다
며칠째 노역으로
골목의 묵은 기억을 몽땅 들어낸
목련나무,

세상 환하고 향기로운 걸레를 보았다

슬픈 말더듬이의 시

A4 백지 속은 천길 벼랑 아래 시퍼런 강물이다

어미 품에서 놓여
악산惡山, 절벽 끝으로 내몰리다가
얼음땡! 하고 멈춰 선
어린 새 한 마리

허공을 받아 안지 못한 날개깃이 파르르 떨린다

꽃들은 이름만 불러내도 시가 되는데
아, 혓바늘만 돋아 통점이 되는
말더듬이놀이

꽃으로 피지 못하고
새 한 마리 되어 날지 못하고
매독 균처럼 불안한
문자, 문자들

원고마감 날
괴발개발 그려가는 백지 위에

신석기 어느 지층에서 발굴된 알 껍질 몇 개

자모의 꼬리를 달고 굴러다닌다

서울낙타

영등포 전통시장
골목 멀리 중늙은이 하나 걸어온다
가까이 보니 한 마리 낙타였다
바랑 하나 종교처럼 허리에 걸치고
해진 무릎으로 옮겨놓는 빌걸음
풍진에 닳은 뒷굽이 뼈를 먹어치우고 있다
어젯밤 고비 먼 별을 헤다 잠들었을까
모래 위 몇 자 적힌 새 점괘처럼
눈가에 개밥바라기의 쓸쓸함이 서려있다
돼지갈비 집 앞 식탁의 연기 속을
느릿느릿 스쳐 지나가는 낙타
뒷짐 진 채 멀어지는 육봉의 그림자가
왜 그리 깊고 웅숭깊어 보이던지
오늘 하루 몇 번 몸 움츠렸다 펴며
세상의 바늘귀 지나온, 나를
저 낙타는 어떤 하등동물쯤으로 보지는 않았을까
바지주머니 깊이 손을 찔러 본다
쉿! 비루먹은 꼬리가 만져진다

4부

이명耳鳴

올 가을

내 귓속에 귀뚜라미 한 마리 기르기로 했다

달팽이관 혼자 심심할 것 같아

가난한 울보에게 세 한 칸 주기로 했다

지상의 소슬한 저녁

귀뚜르르—

녀석, 목울대 시원찮아 어둠 뚫지 못한다면

내년 여름에는 여치로 바꿀 참이다

울음은 울음보로 감싸야 하는 법

제대로 키운 귀뚜리는 보일러보다 따뜻하다

시 한 편 쓰고 나서

그리고 나서, 창밖을 보았다
낮달이 거슴츠레 눈뜨고 매달려 있다
언제부터 나를 지켜본 것일까
맹춘의 목련나무도 솜털 눈 비벼가며
방 안을 들여다보고 있다
책상 주위를 둘러싼
공간, 모든 사물들도 주목하고 있었다
내가 끙끙거리며 방안을 맴돌 때
컴퓨터 자판 소리가 불규칙하게 반복될 때
나를 주시했던 모두가 한숨 내쉬며 끙끙 앓았던가
퇴고 후 다시 읽어보니 우발적 전개가 많다
처음 의도에서 꽤 벗어나 있었다
글자와 글자,
행간과 행간 사이
사물의 숨결이 스며들었나봐
묵은 젖 빨듯 시 한 편 겨우 쓰고 나서
발치의 개미 한 마리 몸짓까지
환히 보이는 것이었다

내 사랑, 가마우지

이보소, 내 술 한 잔 받으시게. 너의 긴 목에 질끈 묶였던 끈은 이제 모두 풀렸네. 여기 물고기 안주도 몇 마리 놓았으니 오늘은 마음껏 드시게나.

가마우지여, 저기 벼랑 아래 계림 이강漓江의 푸른 물이 보이는가. 이 산기슭은 새의 몸을 입고 태어난 너의 고향. 어쩌다 내 궁벽한 손에 잡혀와 낚시꾼이 된 뒤, 길고 끝이 구부러진 네 부리는 많은 물고기를 물어 올렸지.

입에 물린 너의 먹이는 긴 목 끝에 묶인 끈에 걸려 다시 토해지고 내 가난한 집에 거두어들여 큰살림이 되었네. 덕분에 밭을 갈지 않아도 밥을 얻고 알토란같은 자식도 여럿 두었지.

이보시게, 이제는 늙고 병들어 물고기를 넘길 힘조차 없으신가. 가마우지 낚시*로 자맥질 하던 목숨 내려놓으려는가. 내가 품에 안아줄 테니 힘내어 입 한번 벌려보소.

오늘 이승의 마지막 자리, 내 보은의 술이라도 한 잔 받고 가시게. 이 잔마저 건네지 못한 채 너를 보내고 나면 두고두고 내 목에 가시가 걸려 있을 것 같네.

\>

   내 이마에 패인 깊은 주름살과 손등에 널린 검버섯을 보게나.
어느새 나의 해도 서산노을 끝자락에 걸려 있다네. 부디 다음 생
에서는 그대가 계림의 주인으로 오시게.

   나는 너의 가마우지가 되어 이강의 물고기를 낚아 올리겠네.
내 오랜 벗이여, 부디 잘 가시게—

   * 가마우지의 긴 목 아래쪽에 줄을 묶어 잡은 물고기를 다시 토해내게 하여 취하는 낚
    시 방법.

'흐름'이라는 말

적벽강赤壁江

한여름 강물에 발 담가본다
염천에 달아올랐던 몸의 열기 잦아들자
물밑 조약돌 눈 뜨이기 시작한다

돌의 결이 매끄럽다
숨겼던 혀 내밀어 서로 핥아주며 흘러온 듯
각 세웠던 모서리가 다 닳았다

부딪고 뒹굴며 수없이 갈아엎고야
내 발바닥에 닿았을 것이다

무릎 걷고 몇 걸음 더 다가서자
흐름이라는 말이 조용히 가로막는다

속도와 방향만 보며 달려온 길
이제는 깊이를 생각할 때가 아니냐고
시퍼런 물낯 밖으로 나를 밀어내는 산 그림자

\>

바위병풍에 꽉 붙들린 채 꼼짝없다
흐름, 멈추고 저 혼자 깊다

족쇄령

몇날며칠
족쇄 차고 멈춰 서 있는
고물 승합차

차창 안에 비상연락망도 보이는데

괘씸죄일까
무쇠덩이보다 더 무거운
죄, 불법주차

졸지에 중죄인으로 내몰렸다

어디로 위리안치 될 것인가
눈만 껌벅거리며
불안에 떨고 있는 늙은 죄수

배달통 나르던 젊은이가
남의 일이 아니라는 듯
한참을 못 박혀 바라보고 서 있다

소

나는 먹을 만큼만 먹는다
그마저 우물우물 되새김질 한다

내 귀에 무얼 넣어주려 마라
들어야 할 소리만 듣는다

뿔은 마지막 자존심
파리모기도 꼬리로 쳐서 쫓을 뿐
뿔을 쓰지는 않는다

구제역이란 게 뭐냐
가난한 마음들이 타고 내리는
먼 시골역 이름이더냐

내 큰 눈을 보고 슬프다 마라
그건 당신이 슬픈 것이니

오늘 따라 워낭소리가 그립다

밥 푸는 여자

신사동 먹자골목
중년 여자가 밥을 푸고 있다
식당가 촘촘한 맛집 틈에
가정식백반이라니!
밥주걱 하나로 노 젓듯 건너는
여자의 하루, 단순하다 못해
몽매蒙昧해 보인다

그럼에도 나는
중세 풍 그림 속 농부 같은
밥 푸는 여자가 좋다
쌀 한 섬 번쩍 들어 올릴 듯
굵은 허리와 팔뚝
아기 열 명쯤은 키워낸 듯한
넉넉한 가슴이 좋다

묵은지처럼 축 쳐진 날
가정식백반 집에 간다
꾹꾹 눌러 담은 밥 인심 같은
고향냄새 맡으러 간다

이제는 세상에 없는 어무이 같고
누부야 같고 촌닭 같은
밥 푸는 여자가 좋다

나는 시인이다

바다 건너 저쪽
입국신고서 직업란에
'poet'라 적었다
무심히 적어 넣은 내 직업
'시인' 이거 맞나?
밤새워 머리 싸매고 써도
쥐꼬리만한 원고료
몇 번 받은 게 전부이고
시집 구하고
시 잡지 구독하느라
주머니가 마르는데
떠돌이 집시 같은 내 직업
뼛속까지 시인이라요

탑
― 미얀마 순례 1

내 안에서 찾으려는 게 무엇입니까

불토의 상징처럼 서 있지만
내 몸속은 흙벽돌로 가득 차 있습니다

나는 노역의 땀방울 배어 있는 흙이며
돌덩이일 뿐입니다

독경으로 감싸고 황금으로 덧칠한다고
도피안到彼岸의 다리가 되지는 않습니다

그런데도, 두 손 모아 허리 굽히고
깨진 무릎을 내려놓으려 하십니까

건너보니 그 자리…

내 귀에 흘러들어오는 당신의 나직한 읊조림과
마음자리가 너무 지극해서

나는 돌로 돌아가지 못합니다
오늘도 탑의 나라 기표로 서 있습니다

탑돌이

― 미얀마 순례 2

남들은 배와 자동차를 만드는데 그들은 흙벽돌을 찍어 날랐다

남들은 화약과 대포를 만드는데 그들은 파고다를 세웠다

남들은 재물을 꼭꼭 숨겨 두는데 그들은 탑의 몸피에 황금을 덧발랐다

남들은 위성 쏘아 올려 지구를 도는데 그들은 오직 탑을 돌았다

보리수 저 언덕에 닿은 그들의 한 생애가 맨손이고 맨발뿐이다

탑의 숲을 거닐다
― 미얀마 순례 3

천불 천탑

탑의 숲 거닐다가
무너진 탑신 사이 거미줄을 보았다

파고다 왕국 세워놓고
탑 뒤에 숨은 시간

흙으로 모래로 가버린 사람들

초록초록
푸른 탑을 쌓기 시작한다

정토의 풀꽃으로 다시 피어나고 있다

부처와 함께 놀다
— 미얀마 순례 4

그늘이 모인 부처좌상 앞에
나는 벌렁 누웠다
코앞에는 황금대탑 쉐다곤이 하늘 찌를 듯 서 있다
미얀마 대낮 불볕 속
45℃의 찜통더위를 뚫고 왔다지만
부처 앞에 눕는 것은
시건방지고 버릇없는 노릇이겠다
뒤가 켕겨서 일어나려는데
쨱쨱! 참새 한 마리
부처님 머리위에 물똥을 냅다 갈긴다
녀석이야 그러든 말든
은은한 미소가 나를 내려다보고 있다

석공

— 미얀마 순례 5

돌 속에서 부처를 꺼내다

돌 속에서 연꽃을 꺼내다

부처를 연꽃을 꺼내들고

돌이 된 사람

민들레 신전神殿
— 터키순례 1

터키 곳곳의 유적들
깨지고 부서지고
뼈대만 남은 신전을 보았다
대리석기둥 높이 세워 떠받들던
저들의 神은 어디로 갔을끼
지진으로 땅속에 묻혔다가
신들은 모두 스러지고
신전의 돌기둥만 살아남아
세월의 풍파를 갉아먹고 있다
신을 모신다는 건
죽은 신보다 더 질기게 버텨서
그들이 신었던 신발을
고증하는 것
너무 커 신을 수도 없어
머리에 이고 다니던
신, 발이 얼마나 컸었는지
신전 돌기둥의 높이로 증명하는 것
흔적 하나 없이 함몰되었지만
흙으로 돌아가지 못하고
기어이 발굴되어 벌서고 있는

저 많은 신의 페르소나들
봄의 제단에 민들레꽃 몇 점 모신 채
시간의 뼈를 하얗게 말리고 있다

동굴수도원
― 터키순례 2

아름다운 말들의 땅
카파도키아

아몬드나무 몇 그루
허리춤에 겨우 매단 채
순례자를 맞는 응회암 괴석들

무늬만 수도원이지
폐경 뒤 알집처럼
텅 빈 동굴 하나씩 품었다

수사修士의 발자국
기도소리 모두 긁어 지우고
바싹 마른 고요 속

하늘백성이 되지 못한
비둘기 가족들만
구구구―

구원의 앞마디를
수수만년 쪼으고 있다

이스탄불의 개
— 터키순례 3

철학자라 불러도 좋겠다

동서양의 교두보
이스탄불,
어느 거리에나 개가 있다
덩치 큰 아이만한 놈들
목줄, 입마개도 없이
여행객 틈에 섞여 다닌다
낯선 눈길을 받고도
어떤 불안감 없이 되받아 비치는
고요하고 맑은 눈
피아의 경계가 지워진 듯
위협도 두려움도 없다
길 한가운데 어디서라도
자연스럽게 누워 잠이 든다
동물을 사랑하면 철학자가 된다는데
이스탄불의 개는
물성을 버리고 사람을 사랑하여
이미 철학자가 되어버린 듯
도시를 살아간다

지중해에서 시인에게
― 터키순례 4

파도가 바위를 친다
함묵의 북, 두드려 억만년 잠 깨우려 한다
저를 허물고 바람을 세우는 파도
낮고 낮아져 모음만으로 노래가 되는 시를 쓴다

시인이여
바다라는 큰 가락지 끼고 도는 푸른 별에서
그대, 시인이려거든 지중해 건너는 나비의 가벼움으로 오라

비유로 말고 통째로 던져 오라
애인이자 어머니이며 삶이고 죽음인 바다를 사랑하라

근원에서 목표까지 온전히 품어
구름 되고 비가 되어 정신을 적시는 바다
모래톱에 밀려온 부유물들을 보라
모든 것 다 받아준다고 바다가 아니다

마실수록 갈증이 되는 허명虛名
껍데기로 뛰어든 것들 잘근잘근 씹어 내뱉는

허허바다

짜장면 곱빼기
─ 터키순례 5

동네 중식당에서 짜장면을 시켰다
이스탄불에 거주하는
한국 태생 터키여행 가이드가
귀국하면 가장 먼저 먹고 싶다던
음식, 짜장면 곱빼기
테브란트 계곡처럼 굽이치는 면발 속에
오스만 제국의 풍경들이 지나간다
9일간 해외 나들이 일정 중
맛가림이 심했던 나
피고 진 역사의 유적처럼
몸속에 내장된 맛의 뿌리도
참 깊고 질기다
이스탄불 하늘 아래
향수 안주삼아 소주를 마시는
한 나그네의 실루엣,
문명 공존과 충돌의 아이콘
이스탄불 어지러운 거리 생각하며
짜장면 곱빼기 한 그릇 비우고 나니
외톨이 파란 콩 한 개가
눈 반짝 뜨고 나를 올려다 본다
"너는 어느 별에서 왔니?"

해설

숭고의 아름다움, 혹은 성스러움을 찾아서

황치복 문학평론가

숭고의 아름다움, 혹은 성스러움을 찾아서

황치복 문학평론가

1. 시詩를 위하여, 혹은 아우라Aura의 성스러움

　2000년『문학사상』을 통해 등단한 이영식 시인은 그동안『공
갈빵이 먹고 싶다』(문학아카데미, 2002),『희망온도』(천년의 시
작, 2006),『휴』(천년의 시작, 2012) 등 세 권의 시집을 출간한
바 있다. 세 권의 시집에서 시인은 주변으로 밀려 소외된 인생
이나 사물들에 대해서 온몸으로 품어 안으면서 시가 베풀 수 있
는 가장 따스한 애도와 위로의 눈길을 건네고 있었다. 시편들 속
에는 시인의 마음의 결이 어린아이의 그것과 같아서 심장이 모
두 보이는 투명개구리처럼 명징하고 선명하게 드러나고 있는
데, 한 마디로 표현하면 공자가 시의 본질로 거명했던 '사무사思
無邪'의 경지라고 할 만하다. 티끌 하나 없이 맑고 깨끗한 거울과
같은 시인의 마음속에 비치는 사물이나 현상 또한 왜곡되거나
일그러지지 않고 온전히 맑고 깨끗하다.
　미래파 이후 아방가르드가 시의 보편적 경향으로 이해되는 디
지털 시대에 시인은 아날로그적 감성으로 시창작에 임하고 있

다는 점에서, 그리고 아직도 그 순수하고 낙천적인 낭만주의의 정신으로 작시술을 개척해가고 있다는 점에서 어찌 보면 시대에 뒤떨어진 것처럼 보이기도 한다. 천성이 곱고 맑은 기질을 타고난 탓이겠지만, 세상의 티끌과 소란에 대해서 날카롭게 접근하지 못하고 밝은 면으로만 눈길을 돌리려고 한다는 점에서 비현실적인 시의식을 지적할 수도 있을 것이다. 하지만 시인은 그러한 주변의 우려에 대해서 시적 진정성眞情性과 그윽함의 정취를 통해서 극복해 나가려고 한다. 필자는 이영식 시인의 이번 시집을 통독하면서 어떤 신성함, 혹은 성스러움 같은 것을 느꼈는데, 이러한 요소야말로 이영식 시인의 시가 지닌 가장 매력적이고 탁월한 것이어서 시적 감동의 원천이라고 생각되었다. 그리고 그러한 느낌의 원인이 어디에 있는지 궁금했는데, 아마도 발터 벤야민Walter Benjamin이 말한 '아우라Aura 개념과 관련이 있는 듯했다.

아우라Aura라는 말은 독일어로 '현전성', '분위기' 등을 의미하는 단어로서 예술작품의 개성을 만들어내는 어떤 것이다. 즉 아우라는 어떤 예술 작품이 지니고 있는 미묘하고도 개성적인 고유한 본질 같은 것, 그 작품의 캐릭터라고 할 수 있을 듯한 어떤 분위기를 지칭한다. 이 분위기란 발터 벤야민의 정의에 의하면, 유일하고도 아주 먼 것이 아주 가까운 것으로 나타날 수 있는 일회적인 현상이라고 할 수 있는데, 이러한 정의 속에는 영적인 Spiritual 경험이 잠재되어 있다.

예술작품이 만들어내는 영적인 분위기, 벤야민의 설명에 의하면 이 점은 예술이 원래 지니고 있던 기능, 즉 예술 작품이 신을 예배하고 숭배하는 제의와 의식에 사용되었던 사실에서 발견된다. 최초의 예술 작품은 의식에 사용되었는데 처음에는 마술적인 의식에, 나중에는 종교 의식에 쓰였다. 벤야민은 이와 같은 근원에서 비롯된 예술 작품은 시간이 흘렀어도 여전히 그러한 제의적 기능을 내포하고 있다고 주장한다. 벤야민은 제의적인 예술작품 속에 주관화된 신성이 상징화되어 있다고 말하기도 한다. 이러한 속성 때문에 예술 작품이 예배의 도구로 사용될 수 있었던 것이다. 종교와 신적인 것이 예술작품에 어떤 신비로운 힘을 부여하기 때문에, 작품은 완전히 파악하기 힘든 어떤 '불가촉das Unnahbare'적인 것이면서 동시에 아주 친숙하게 느낄 수 있게 하는 힘으로 독자를 끌어당긴다는 것이다. 그리고 이러한 성스러운 분위기란 기술복제 시대의 텍스트에서는 발견하기 어렵고 고유한 예술 작품에서만 존재한다는 점에서 디지털 시대의 예술의 존재 의의에 대한 강조라고 해석할 수도 있다. 이영식 시인의 시에서 발견할 수 있는 신성함이라든가 성스러움의 문학적 특성은 이러한 아우라를 지니게 된 데서 유래하는 것처럼 보인다. 예컨대 다음 작품을 보면 이를 쉽사리 짐작할 수 있다.

어린 왕자가 물었다

아저씨는 직업이 뭐예요?

나는 시인이란다

이 별에서는 시가 밥이 되나봐

그보다는
시에게 나를 떠먹이는 거지
— 「시인」 전문

질문자가 "어린 왕자"인 점도 의미심장하지만, 시의 마지막 구절 "그보다는/ 시에게 나를 떠먹이는 거지"라는 대목에서 독자들은 신성한 기운을 느끼게 된다. 시란 "어린 왕자"와 같은 순수하고 정갈한 마음을 지닌 자들만이 질문할 수 있는 청정한 영역에 속한다는 것, 하지만 더욱 중요한 것은 시가 시인을 위해서 복무하는 것이 아니라 시인이 시를 위해서 헌신하는 것이라는 발상 자체가 신성한 아우라를 뿜어내고 있는 것이다. 시가 시인을 위해서 존재하는 것이 아니라 시인이 시를 위해서 존재한다는 생각에는 시에 대한 성스러운 관념이 내포되어 있기 때문이다. 그러니까 시인은 자신이 신봉하는 시의 사제로서 시를 위해서 봉헌하고 찬송하는 그러한 존재자인 셈이다. 이처럼 시인이 자신을 낮춰서 시를 떠받들며 신봉하는 것에는 그것이 어떤 위대한 가치를 지니고 있다는 생각이 함축되어 있다. "나를 떠먹이는 거"라는 구절에서는 자신의 온몸을 희생양으로 삼아서 고귀한 가치를 이루려는 '살신성인殺身成仁'의 정신까지 느껴지게 한다. 시가 나의 목적을 이루어줄 수단이 아니라 그 자체로 존중받고 존경받아야 할 신성한 목적으로서 대접받아야 한다는 생각 속에는 시에 대한 절대적인 존경과 헌신의 생각이 잠재되어 있는 셈인데, 이러한 절대적 경지의 가치를 지닌 시라는 생각 속에서는 시에 대한 종교적이고 제의적인 성격이 내포되어 있기도 하다. 다음 시는 어떤가?

무거운 등짐지고
사람 사이로
끌려 다니던 말,
고삐 풀어
들판에 내놓고
마음껏 뛰어 놀게 했다

가서는
돌아오지 말거라
― 「시」 전문

역시 시를 위한 헌사獻詞로서의 시라고 할 수 있다. '무거운 등짐을 지우다', 혹은 '사람들 사이로 끌려다니다', '고삐가 채워지다'라는 시구들은 성스러운 존재가 부당하게 당하는 어떤 시련과 수난의 이미지를 형성한다. 자질구레한 세속의 가치로 평가될 수 없는 존귀한 존재가 그것을 알아보지 못한 속인들의 무지와 탐욕으로 인해서 겪어야 하는 수난(受難, Passion)을 연상시키는 것이다. 이는 채찍을 맞고 조롱을 받으며 가시관을 머리에 쓰는 등 온갖 모욕을 당한 뒤 십자가를 등에 지고 갈바리아 언덕으로 끌려가 못박혀 죽는 사건을 의미하는 '그리스도의 수난'을 연상시킨다.

　시적 화자는 이처럼 세인世人들 속에서 속박당하고 수난 당하던 "말"의 고삐를 풀고 해방시키며 들판에서 마음껏 뛰어놀게 한다. 그리고 "가서는/ 돌아오지 말거라"라고 당부한다. 여기서 말은 한 평생 등짐을 지거나 사람을 태우는 노역에 시달리는 말馬일 수도 있지만, 세속적 가치를 위해서 낭비되고 오염되는 잡담雜談과 같은 말言語을 지칭하기도 한다. 시적 화자는 그것들을 보호하기 위해서 더러운 '지금-여기'를 떠나서 저 먼 곳으로 떠날 것을 요구하고, 돌아오지 말 것을 당부한다. '들판의 저 먼 곳'이란 인간의 세속적 관심과 욕망이 접근할 수 없는 곳으로서 신성한 영역, 성스러운 영역으로서 말을 지키는 사원인 시詩라고 할 수 있다. 시에 대한 시인의 종교적인 신념과 헌신의 마음을 읽을 수 있다.

　이영식 시인의 시집에서는 '시'에 대한 시가 다른 시인들에 비해서 절대적으로 많은 분량을 차지한다. 그만큼 시에 대한 자의식이 강하다고 평가할 수 있지만, 그렇다고 시라든가 시인에 대한 정체성의 탐구가 주된 관심사라고 할 수는 없다. 정체성에 대한 탐구 같은 근대적인 문제의식이 시인의 시의식이 아니라는 말이다. 그가 시에 대한 시를 쓰는 것은 시가 지니고 있는 아우라를 확인하기 위한 것이며, 시가 지닌 성스러운 가치를 발굴해서 시를 찬송하고 찬미함으로써 우리 시대가 얼마나 시의 정신과 마음에서 멀어졌는지를 경고하기 위한 것이다. 그렇다면 시는 시인 자신의 삶과 어떤 인연을 맺고 있으며 어떤 의미를 지니고 있는 것일까?

동란動亂 통— 탄피처럼
흙바닥에 뚝 떨어진 연필 한 자루
침 발라서 꾹꾹 눌러쓰며 왔지

시작부터 기울어진 운동장
볼펜과 만년필 틈에 뼈저리게 굴러
구더기 떼 들끓던 날들이여

밑그림만 그리다가 몽당해지고
바로 서나 거꾸로 누워도
그게 거기인 시절 밖의 나이

아무짝에 쓸모없다 내팽개칠 때쯤
부러진 연필심처럼 먹먹한 울음 속으로
시가 왔다

별도 별사탕도 되지 않는
시, 외눈박이 사랑에 눈멀어서야
꽃도 좋고 가시도 좋았다

슬픔을 경작하느라
솔개그늘만한 밭 한 뙈기 품어 본 적 없으니
몽당연필 같은 시집 몇 권 달랑 메고
참 가볍게도 가겠다

이 시에는 시인이 왜 시를 종교적 대상으로 삼아 경외심을 품고서 숭배하는지에 대한 이유가 제시되어 있다. 결론적으로 말하면 시는 시인의 비루한 삶을 구원해준 구원자이기 때문이다. 구원자로서의 시이기에 그것을 존경하고 숭배하지 않을 수 없는 것이다. 그렇다면 시는 어떻게 해서 시인을 구원하게 되었으며, 시인이 바이블처럼 끌어안고 살아가는 삶의 원동력이 되었던 것일까?

"시작부터 기울어진 운동장"이라든가 "구더기 떼 들끓던 날들이여"라는 대목을 보면 시적 화자가 얼마나 속악한 가치에 매몰되어 삶을 탕진하고 있었는지를 알 수 있다. "바로 서나 거꾸로 누워도/ 그게 거기인 시절 밖의 나이"라는 대목은 시적 화자가 자포자기의 심정으로 어떠한 가치도 발견하지 못하고 인생을 탕진하면서 무기력하게 허송세월을 보내고 있었는지를 암시하고 있다. 그리하여 이 지상의 삶이란 "아무짝에 쓸모없다 내팽개칠 때쯤" "먹먹한 울음 속으로/ 시가 왔"으니, 시란 영혼의 구원자로서 시인에게 새로운 삶을 살도록 하는 기제가 되는 셈이다. 무가치한 삶에 대해서 니힐리즘에 빠져 있던 시인에게 거듭남, 혹은 갱생의 삶을 살도록 하는 충격과 각성의 기제가 시였던 셈인데, 그러한 구원자에게 찬양과 경외의 염을 품는 것은 당연한 일이다.

시인은 시의 마지막 부분에서 "몽당연필 같은 시집 몇 권 달랑 메고/ 참 가볍게도 가겠다"고 하면서 생을 마감할 때까지 시가 그의 영혼의 반려자가 되어줄 것이며, 시집 몇 권이 자신이 이 세상에 남길 유일한 유산이 될 것이라고 암시한다. 그가 이룩한 자산인 시집은 그가 생을 마감할 때 "가볍게" 마감할 수 있도록 해준다는 점에서 죽음의 반려자도 되는 셈이다. 그런데 그의 유일한 자산인 시집은 "볼펜과 만년필"이 아니라 "몽당 연필" 같은 성격을 지니고 있음에 주목할 필요가 있다. 볼펜과 만년필이 기술복제 시대의 정보의 생산 수단이라고 할 때, 몽당연필은 그 생산성과 효용성을 상실한 이유 때문에 어떤 일회적 현전성을 지니게 된다. 무한 복제되거나 제작될 수 없는 수공업의 세계에 속하는 것이다. 시인이 생각하기에 시집은 아마도 이러한 속성으로 인해서 시인의 반려자가 될 수 있으며, 구원자가 될 수 있는지도 모른다.

효용성과 생산성을 상실한 몽당연필로서 시집은 무상無償의 산물로써 자본주의적 이해타산과 교환가치의 가치관에서 벗어나 있기에 인생의 참다운 가치와 의미에 천착할 수 있으며, 그러하기에 갱생의 삶을 살도록 이끄는 구원자가 될 수 있는 것이다. 시가 종교적 차원으로 비상하는 순간이 아닐 수 없다. 동일한 시적 논리가 「사자에게 막말하기」라는 시에서도 구사되고 있는데, 여기서 시인은 이빨이 다 빠지고 송곳니도 없고 발톱이 뭉개진 사자가 귀의할 곳이 시의 영역이라고 주장한다. 거대한 영토를 호령하던 밀림의 왕자 사자가 "왕좌를 잃고 무리에서 떠밀려나 궁벽한 처지"가 되었을 때, 그의 유일한 위로가 되는 안식처이자 귀의처가 되는 것이 시라는 것이다. 시인은 시를 쓰는 사자에게 "문장을 갖는다는 것은 나무에 꽃이 피는 것과 같지요. 당신의 꿈을 포기하지 마세요. 꽃이 될 수 있어요"라고 하면서 응원

하는데, 이러한 메시지 속에는 사자를 꽃으로 바꿀 수 있는 힘이 시속에 잠재되어 있다는 함의가 숨어 있다. 생의 추락과 전락을 경험한 자들이 귀의할 수 있는 것, 그리고 사자를 꽃으로 변하게 할 수 있는 힘을 지닌 것으로서의 시가 종교적 대상이 아니고 무엇이겠는가? 다음 시를 보면 시가 하는 종교적 역할에 대한 생각이 좀더 분명히 나타난다.

소금과 시, 참 많이도 닮았다.

바닷물의 결정체가 소금이듯 시는 언어를 갈아엎어 금강을 캐놓은 것. 소금은 양념의 시작이고 시는 문학의 뿌리다. 소금 뿌려 배추를 절이듯 삶이 팍팍해질 때 시 읽어 간 맞추고 느린 시간을 들여앉히자. 고래로 우리 몸속에 지니고 사는 소금기처럼 늘 시의 숲길 거닐어 서정의 결을 느끼자. 중국 운남성 지하에서는 염수鹽水가 샘솟는다. 그러니까 저 설산고원도 한때는 심해였다는 말인데 이 엉뚱한 비약과 반전이라니! 시적 상상력 아니고는 따라갈 도리가 없겠다. 티베트, 인도까지 실핏줄 같은 차마고도 넘어오는 소금 한 줌에 목숨 줄 대고 사는 야크를 보았는가. 고산 지하에서 퍼 올린 염수가 소금 꽃을 피워내듯 시는 높고 외로운 곳에서 홀로 천리향으로 빛난다. 소금은 출렁거렸던 파도의 위반이고 시는 중얼거렸던 언어의 배반이다.

엄정한 응결, 시와 소금은 너무나 닮았다.
— 「시와 소금」 전문

이 시는 마태복음에 나오는 "빛과 소금"이라는 구절을 연상케 하는데, 이것들은 영적인 면에서 어둡고 부패한 이 세상을 살아가야 하는 성도들이 지녀야 할 본분과 역할 및 자세를 나타낸 표현이다. 이 시는 이를 살짝 비틀어 "시와 소금"이라고 명명하면서 시와 소금의 유비적 속성을 내세우며 시의 성스러운 역할을 강조하고 있다. 시와 소금은 모두 생명과 관련되어 있으며, 영혼의 정화나 구원과 관련되어 있다는 점에서 성스러운 성격을 지니고 있다.

시적 논리를 쫓아가 보면, 소금과 시는 바닷물과 언어의 응결체로서 금강석과 같이 단단한 성격을 지니고 있다. 소금과 시가 깨뜨릴 수 없는 단단함을 지니게 된 이유는 그것들이 잡다한 것을 모두 제거하고 순수한 고갱이만 응결된 것이기 때문이다. 그러하기에 그것들은 양념의 근원이 되고, 문학의 뿌리가 될 수 있다. 심해였던 바닷물이 높은 설산고원의 염수가 되어 차마고도의 야크에게 목숨을 보존하도록 하듯이, 문학은 "높고 외로운 곳에서 홀로 천리향으로 빛"나며 영혼을 정화하고 구제한다.

소금은 "출렁거렸던 파도의 위반"으로서 빛나는 고요의 경지에 도달한 응결체라면, 시는 "중얼거렸던 언어의 배반"으로서 잡담과 농담과 같은 불순물이 제거된 언어의 정수로서의 응결체이다. 시적 화자는 이를 "엄정한 응결"이라고 명명하고 있는데, 여기서 엄정하다는 것은 엄정嚴正, 즉 엄격하고 올바르다는 뜻과 함께 엄정嚴淨, 즉 엄숙하고 깨끗하다는 뜻을 동시에 함축하고 있다. 어떤 경우이든 소금과 시가 지니고 있는 엄숙성을 강조하고 있는데, 이러한 성격은 신성성에서 야기된 것이다. 소금과 시는 신성하고 엄숙한 것이기에 잡다한 불순물을 허용하지 않으며, 순정한 것이기에 육신과 영혼을 정화시키고 해방시킬 수 있다. 「소금의 시학」에서 시인은 "천일염처럼 깊은 맛 우러나는/ 시 한 편 쓰고 싶다"고 전제하고 "절정의 시 한 편/ 당신에게 읽어주고 싶다/ 바다와 해와 바람을 떠먹이고 싶다"라고 노래하고 있는데, 소금과 시 한 편에는 "바다와 해와 바람" 등이 담겨 있어서 그것을 일용하는 독자들은 자연과 함께 호흡하기 때문에 부패하지 않을 것이라는 함의가 내포되어 있기도 하다. 다음 시는 시의 신성성을 명시적으로 노래한다.

쌀 '미米'자 속에는
여덟 '팔八'이 두 번 들어있다지요
논 갈고 볍씨 뿌리고
모내기하고 병충해 막아주고
햅쌀 한 톨이 반짝이며 태어나기 위해서는
농부의 손이 여든여덟 번 오간다지요
그러니, 나는 한 수저의 밥을 떠먹으며
땀과 눈물이 밴 농부의 노역을
그 갈기진 손을 맛나게 씹고 있는 거지요

'시詩'자 속에는
말씀을 모시는 내시가 산다지요
제 불알 뚝 떼어 던지고
시를 신으로 모신 채

벼랑 끝 소나무처럼 붙어산다지요
나는 한 편의 시를 읽고 나서
아, 쉼표마저 생략한 호흡 속에
여든여덟 번은 오고 갔을
고독한 마음자리를 생각합니다

살얼음 짚는 글발의 보폭으로
또 하나, 모난 사랑 법을 배우는 중입니다
— 「시 한 편 읽고 나서」 전문

　소금과 시가 아니라 쌀과 시가 대비되고 있다. 둘은 모두 농부와 시인의 온갖 정성과 노고가 집적되어 이루어진 것이라는 점에서 성스러운 아우라를 지니고 있다. 시적 논리를 쫓아가 보면, 쌀米은 그 한자어가 의미하는 것처럼 한 톨의 쌀을 얻기 위해서 농부의 손이 여든 여덟 번 오간 노고의 산물이다. 시란 "시를 신으로 모시"는 내시라는 시인이 한 편의 시를 얻기 위해서 여든 여덟 번 오고 간 "고독한 마음자리"의 산물이다. 쌀은 농부의 땀과 눈물과 피가 배어 있기에 한 육신에게 양분을 제공할 수 있고, 시는 시인의 땀과 눈물과 피가 배어 있기에 한 영혼에게 위로를 제공할 수 있다. 쌀과 시는 각각 농부와 시인의 혼신의 노력과 온전한 정성이 담겨 있는 결정체이기에 신성한 성격을 지니게 되며, 그로 인해서 그것들은 육신과 영혼이 일용할 양식이 될 수 있는 것이다.
　그런데 이 시에서 주목되는 점은 시에 대한 정의이다. 시詩라는 한자어를 음미하면서 시 속에는 "말씀을 모시는 내시가 산다"는 것, 그리고 그는 자신의 생식 기능과 번식 본능까지 희생하면서 "시를 신으로 모시"고 있다는 지적이다. 여기서 내시란 물론 시인을 지칭하는 것이겠는데, 시인이 섬기는 시란 신神과 같이 성스럽고 엄숙한 것이라는 생각이 제시되고 있는 것이다. 시인은 「참, 독한 연애」에서도 "질문만 있고 답을 얻지 못하므로/ 늘 뜨거운 소용돌이가 지키는/ 성체, 시인들이 가만히 무릎 꿇는"이라고 하면서 시를 "성체"로 규정하고 있기도 하다. 성채城砦가 아니라 성체聖體라는 점에 유의해야 한다. 성채란 성곽과 요새를 지칭하지만, 성체란 성스러운 예수의 몸, 혹은 성스럽게 된 빵과 포도주를 예수의 몸과 피에 비유하여 이르는 말이다. 그러니까 시란 성스러운 분위기를 지닌 신의 화육신인 셈이다. 그러니 신의 화육신인 시에 지상의 모든 "사물의 숨결이 스며드"(「시 한 편 쓰고 나서」)는 것은 자연스러운 일이다. 지상의 사물들은 모두 신을 분유分有하고 있는 존재자들고 신의 입김에 의존하고 있기 때문이다.

시적 화자는 쌀과 시에 담겨 있는 신적인 속성과 그것을 섬기는 신자인 농부와 시인의 정성스러운 마음을 읽으며 "살얼음 짚는 글발의 보폭으로/ 또 하나, 모난 사랑 법을 배우는 중입니다"라고 고백한다. 신독愼獨, 즉 자기 홀로 있을 때에도 도리에 어긋지는 일을 하지 않고 삼가는 조심스러운 마음과 정신적 염결성廉潔性에 대한 자세를 확인할 수 있다. 그리고 성스러움의 근원에 자리잡고 있는 사랑에 대한 자각과 다짐을 확인할 수 있다. 시적 화자가 강조하는 "모난 사랑"이란 엄숙하면서도 엄정한 태도를 견지하면서도 유용하게 쓸 수 있도록 자신을 내어주는 희생과 헌신의 정신을 함축하고 있다. 이러한 속성들은 정갈하고 엄숙한 결정체로서의 시가 함축하고 있는 성질이기도 하다.

2. 낙타를 위하여, 혹은 성자를 위하여

지금까지 우리는 시를 숭배하면서 시를 위해서 헌신하고자 하는 시인의 시의식을 확인할 수 있었다. 시인이 시를 위해서 기꺼이 자신의 육신을 공양하고자 하는 것은 시가 지니고 있는 성스러운 성질 때문이다. 그리고 시인이 그토록 많은 시에 대한 헌사로서의 시를 창출해내는 것은 시가 지닌 그러한 성스러움이 사라지고 있는 이 시대의 세속적이고 속악한 세태에 대한 성찰과 반성의 충동 때문이다. 시인은 거룩하고 성스러운 시의 정신을 되새기고 음미함으로써 우리 시대가 타락으로부터 구제될 수 있다고 믿고 있는지도 모른다. 그래서 시인은 시의 성스러운 성격을 예찬할 뿐만 아니라 시 속에 성스러운 내용을 담으려고 노력한다. 보잘 것 없고 하찮은 자연물이나 현상들 속에서 성스러움을 발견하고 그것을 시화하려고 노력하는 것은 이러한 맥락에서 이해할 수 있다. 시인에게 다양한 자연물과 사물들이 성자의 모습을 지니고 있기는 하지만, 가장 대표적인 것은 아마도 '낙타'일 것이다.

가도 가도 끝없는 사막

낙타가 너무 목말라

더 이상 버틸 수 없을 때

낙타풀을 뜯어 먹는다

바늘 같은 잎 씹어

타는 갈증이 얼마나 풀릴까

가시에 찔려 흘러나온

제 입속의 핏물로

낙타는 겨우 목을 축인다

발톱 빠지고 물집이 터져도

오직 살아야

질기게 살아남아야

오늘을 건널 수 있으므로

―「서시」전문

　"가도 가도 끝없는 사막"을 건너가는 낙타는 고행의 길을 걷
는 성자의 모습을 닮아 있다. 낙타가 끝없는 사막을 걷는다고 해
서 어떤 지혜나 깨달음에 도달하는 것은 아니다. 하지만 "가시
에 찔려 흘러나온/ 제 입속의 핏물"이라든가 "발톱 빠지고 물집
이 터져도"라는 대목을 보면, 그가 감내해야 하는 삶의 고통과
고난이 너무나 엄혹해서 그것을 바라보는 사람들로 하여금 숙
연한 느낌이 들도록 하는 성스러움을 지니고 있다. "바늘 같은
잎 씹어/ 타는 갈증"을 달래며 사막을 건너가는 낙타의 모습이
라든가 "제 입속의 핏물로/ 낙타는 겨우 목을 축인다"는 구절을
보면, 삶이란 자신의 육신을 태우고 그것을 자양분으로 삼아 영
위되는 것, 혹은 자신의 피를 마시며 생의 시간을 지속하는 것이

된다. 이처럼 고독하고 고통스러운 과정을 수용하는 낙타의 삶이기에 거기서는 성스러운 아우라가 분출하게 되는 것이다. 그리고 이러한 낙타의 모습에 고행을 마다하지 않고 즐겨 그것을 선택하는 성자의 모습을 오버랩하는 것은 이상한 일이 아니다. 이영식 시인이 그의 시에 낙타를 즐겨 그리는 것은 낙타에게서 이러한 성스러운 아우라를 지닌 성자의 풍모를 발견했기 때문일 것이다.

낙타의 눈은 먼 곳을 본다

길 없는 길,

방향키가 잡히면 앞발굽이 성큼 나선다

뒤 굽은 궁리가 없다

등줄기에 우뚝 선 단봉單峰 같은 믿음으로

오직, 밀고 갈 뿐이다

사막을 건너는 것은 사자도 치타도 아니다

고비를 넘는 그림자는

굳기름을 혹으로 짊어진 낙타다

다클라마칸—

한번 들어가면 살아나오지 못한다는 말

햇볕과 마주서지 않으려는 자의 궁리에서 나온 변辯일 뿐

낙타에게 정공법正攻法 말고는, 달리

수가 없다
— 「낙타가 사막을 건너는 법」 전문

　역시 낙타가 시의 주인공으로 등장한다. 여기서는 낙타의 생
존 방식, 혹은 삶의 방식이 문제가 되고 있다. 낙타의 삶의 방
식이란 "길 없는 길"에 새로운 길을 내는 것, 그리고 "다클라마
칸–/ 한번 들어가면 살아나오지 못한다는" 사막에 묵묵히 걸어
들어가고, 살아서 나오는 것이다. 길 없는 길을 가야하고, 한번
들어가면 살아나오지 못한다는 다클라마칸에 들어가야 한다는
것은 생이 처한 극한의 상황을 암시하고 있다. 낙타가 이러한 극
한 상황을 극복하는 것은 "정공법正攻法"이다. 먼 곳을 바라보며,
"단봉單峰 같은 믿음으로/ 오직, 밀고 갈 뿐이다."
　없는 길을 개척하면서 한 번 들어가면 살아나오지 못한다는
사막을 건너가는 낙타에게서 성스러움을 느끼는 것은 당연한 일

이다. 그가 처한 극한의 상황, 그리고 그가 택하는 삶의 방식이 모두 성자의 그것과 닮아 있기 때문이다. 없는 길을 낸다는 것, 그리고 죽음을 건너서 삶을 이어간다는 것은 평범한 사람이 감당하기 어려운 일이다. 그것은 자신의 모든 것을 절대적 존재에게 내맡긴 상태에서 운명을 받아들이는 아모르파티(Love of fate, 運命愛)의 정신을 필요로 한다. 즉 프리드리히 니체가 말했던 것처럼 자신의 삶에서 일어나는 고난과 어려움까지도 받아들이는 적극적인 방식의 삶의 태도가 필요한 것이다. 아모르파티는 특정한 시간이나 사건에 대한 순간적인 만족이나 긍정을 의미하는 것이 아니라, 삶 전체와 세상에 대한 긍정을 통해 허무를 극복하는 것을 의미한다. 즉 부정적인 것을 긍정적인 것으로 가치 전환하여, 자신의 삶을 긍정하고, 그에 대한 책임을 요구하는 것이다. 낙타의 정공법에는 이러한 아모르파티의 정신이 내포되어 있으며, 극한의 상황에서 발휘하는 그러한 태도이기에 거기에서는 성스러움의 아우라가 발산되고 있는 것이다.

영등포 전통시장
골목 멀리 중늙은이 하나 걸어온다
가까이 보니 한 마리 낙타였다
바랑 하나 종교처럼 허리에 걸치고
해진 무릎으로 옮겨놓는 발걸음
풍진에 닳은 뒷굽이 뼈를 먹어치우고 있다
어젯밤 고비 먼 별을 헤다 잠들었을까
모래 위 몇 자 적힌 새 점괘처럼

눈가에 개밥바라기의 쓸쓸함이 서려있다

돼지갈비 집 앞 식탁의 연기 속을

느릿느릿 스쳐 지나가는 낙타

뒷짐 진 채 멀어지는 육봉의 그림자가

왜 그리 깊고 웅숭깊어 보이던지

오늘 하루 몇 번 몸 움츠렸다 펴며

세상의 바늘귀 지나온, 나를

저 낙타는 어떤 하등동물쯤으로 보지는 않았을까

바지주머니 깊이 손을 찔러 본다

쉿! 비루먹은 꼬리가 만져진다

— 「서울낙타」 전문

서울의 낙타가 시의 주인공이다. "영등포 전통시장"을 건너가
는 "중늙이"가 사막을 건너가는 한 마리의 낙타이다. 물론 영등
포의 전통시장이 사막은 아니다. 하지만 사정이 어떠하든 사막
처럼 그곳을 건너가고 있기에 "서울낙타"라는 이름을 부여했을
것이다. 그가 살아가는 삶의 방식은 어떤가? 승려들이 행각이나
탁발 다닐 때 옷이나 경전 등을 넣어 어깨에 메고 다니는 주머니
인 "바랑 하나"를 "종교처럼 허리에 걸치고" 그곳을 걸어간다.
무릎은 해졌고, 뒷굽은 풍진에 닳아 "뼈를 먹어치우고 있다."고
행하는 수행자의 모습을 지니고 있는 셈인데, 그렇기 때문에 시
인은 그에게 "서울낙타"라는 이름을 부여한 것이다.

그가 지닌 행동거지는 어떠한가? 그는 "돼지갈비 집 앞 식탁
의 연기 속을/ 느릿느릿 스쳐 지나가"면서도 "뒷짐 진 채" 태연

히 멀어져 간다. 시적 화자는 그의 "육봉의 그림자"에서 "깊고 웅숭깊"은 정취를 느낀다. 시적 화자가 낙타의 육봉에서 깊고 웅숭깊은 정취를 느낀 이유는 무엇일까? 그가 돼지갈비로 표상되는 현대인들의 욕망으로부터 멀리 벗어나 있기 때문일까? 혹은 타자들에 의존하지 않고 자신의 몸의 일부인 굳기름(지방)이 들어 있는 육봉을 자양분으로 삼아서 삶을 영위해가기 때문일까? 아니면 "눈가에 개밥바라기의 쓸쓸함이 서려있"기 때문일까? 이러한 모든 것이 어우러져 "깊고 웅숭깊어 보이"는 아우라가 발산되었을 것이다.

시적 화자는 성자와 같은 중늙은이의 모습을 보면서 자신의 소시민적 모습과 삶의 태도를 성찰하고 반성한다. 낙타와 같은 중늙은이가 지닌 어떤 성스럽고 고결한 인품과 정취가 나약한 시적 화자를 자극하고 반성을 유도했기 때문이다. 사막을 횡단하는 낙타의 모습에서, 그리고 영등포 전통시장을 건너가는 낙타를 닮은 중늙이의 모습에서 시인은 신성한 기운을 읽어낸다. 그들이 신성한 분위기를 자아내는 것은 인간의 세속적 욕망, 그리고 나약한 인간의 본성과 타협하지 않기 때문이다. 시인은 그러한 자연물이나 사물에서 숭고한 아름다움을 발견하고 있는 것인데, 시인의 눈에는 성스러움을 담고 있는 숭고의 아름다움이 자잘한 자연물과 사물에서 별처럼 반짝이고 있다.

3. 사물을 위하여, 혹은 숭고의 아름다움을 위하여

곰탕집 뒤란

뼈다귀들이 쌓여 축제를 벌이고 있다

내가 털어 넣은 한 사발 사골국물도
저들의 사지四肢로 고아냈을 터,
갈비뼈 등뼈 다리뼈… 살점 발라주고
말갛게 씻긴 백골들, 협찬이라도 받은 듯
정오 햇발을 제 깜냥 받아 누린다
그늘 한 점 없다

삶의, 삶에 의한,
삶을 위해 복무하지 않는 뼈

탈탈 털어도
먼지 한 톨 떨어질 것 없는
뼈다귀들은 모서리마다 곡선을 지녔다
원심怨心이 아니고 원심圓心이다
들끓지 않는다

생몰生沒을 건너온 어법
명징하다
뼈바늘 같은 시 한 편 쓰고야 말겠다는 듯
새하얗게 빛나고 있다
　　　　　　―「사물의 편에 서다=뼈」, 전문

이영식 시인의 이번 시집에는 시를 노래한 작품만큼이나 사물들을 노래한 작품들이 많다. 「공평한 의자」에서는 지상에 사뿐이 내리는 눈송이에게 기꺼이 의자가 되어주는 빌딩, 리어카, 소잔등 등의 덕을 예찬한다. 또한 「빈집」에서는 말벌과 고양이와 잡초와 풀벌레에게 생의 터전을 제공하는 빈집의 덕을 칭송하고 있다. 이러한 사물들이 시인의 눈에 각별하게 보이는 것은 그것들이 자신의 욕망에 매몰되지 않고 타자들을 위한 배려와 공감을 실천하기 때문이다. 자신의 욕망을 충족시키는 것이 아니라 타자들이 필요로 하는 것을 제공하고, 그들의 번성을 기뻐할 뿐 어떠한 보답도 바라지 않기 때문인 것이다.

인용된 시에서 "사물의 편에 서다"라고 하면서 사물의 덕을 옹호하고 있는 대목도 바로 이러한 맥락에서 나온 장면이라고 할 수 있다. 인용된 시에서 시인은 동물들의 "뼈"를 칭송하고 그것들을 닮은 "뼈바늘 같은 시 한 편"을 쓰고 싶다고 고백한다. 앞서 분석한 시편에서 시가 성스럽고 신성한 종교적 대상이었음을 생각해 보면, 시인이 뼈를 신성한 것으로 바라보고 있음을 짐작할 수 있다. 뼈들이 신성한 이유는 무엇인가?

역시 아낌없이 주는 나무처럼 자신의 모든 것을 타자를 위해서 공양하기 때문이다. 자신이 지니고 있던 모든 "살점 발라주고/ 말갛게 씻긴 백골들"은 다시 "저들의 사지四肢를 고아냈을 터"인 "사골국물"이 되어 "나"의 뱃속으로 들어간다. 발라진 뼈들이 다시 고아져 사람의 허기를 채워준다. 그러면서도 뼈다귀들은 "모서리마다 곡선을 지녔"으며, "원심怨心이 아니라 원심圓心"을 지니고 있다. 발라지고 고아진 뼈는 삶을 초월했으며, 죽음도 초월했다는 점에서 "생몰生沒을 건너온 어법"이라 할 만하다. 마음이 맑은 시인이 모든 것 다 내어주고 "곰탕집 뒤란"에 "새하얗게 빛나"면서 쉬고 있는 뼈다귀에서 아낌없이 주는 나무와 같은 성자의 모습을 발견하고, 숭고한 아름다움을 발견하는 것이 이상할 것이 없다.

사내가 허공을 걷고 있다
하루 스물네 점
쉼 없이 건너는 시간여행자
외쪽불알 추로 세워
좌우 치우침을 모른다
아무리 걸어도 늘 제자리
사내의 구두는 발자국도 없이
소리로만 걷는다

입주 사십년, 붙박이
우리 부부의 내밀한 밤을 지켰고
아이 둘을 키워 내보냈다
바람벽에 붙어살면서도
제 몸 밖을 꿈꾼 적 없는 사내
내부를 열어보면
곁을 내주며 서로 품고 돌아가는
톱니의 가계家系가 드러난다

속도전의 시대?

사내는 아날로그 식 보폭이다

허공에 겹겹 결을 내어

집안 구석구석 종소리로 채우고 있다

고물상도 등 돌리는 저 몰골

나는 사내의 보법을 배우고 싶다

세상 어떤 바람에도 어김없이

또박또박 걸어가 닿는

무량한 세계,

다 닳고 낡은 구두가

기적처럼 하루를 건너가고 있다

　　　　　　　　　　　　　—「괘종시계 걷는 법」 전문

　시인은 「깨진 밥그릇을 위한 기도」라는 시에서는 깨진 밥그릇에 대해서 "늘 몸 정갈하게 닦고 기다리다가 삼시세끼 챙겨주던 그런 여자", 혹은 "치장이라면 자기 몸에 福자나 목숨 壽자를 새겨 나의 복 나의 장수를 빌어주던" 여자라고 하면서 그 덕을 칭송하고 있다. 그리고 "신이시여! 맹목의 사랑 퍼주고 간 그 여자를 좋은 곳으로 인도하시고 원하옵건대 다음 생에는 그가 나의 주인으로 오게 하소서"라고 기도하고 있다. 일반인들이 아무런 정감도 없이 대하는 밥그릇의 덕성을 칭송하는 시인의 따뜻한 마음결을 느낄 수 있는 대목이 아닐 수 없다. 그렇다면 「괘종시계를 걷는 법」에서 괘종은 어떤 덕성을 지니고 있는 것인가?

먼저, 40년의 세월을 보낸 낡은 괘종시계에 대해서 "다 낡은 구두"를 신고 있는 늙은 사내로 인격화하고 있는 대목에서 사물에 대한 시인의 태도와 마음을 확인할 수 있다. 이러한 장면은 이영식 시인의 시에서 특별한 것이 아니라 보편적인 것이다. 괘종시계를 보면서 나타내는 늙어가는 아버지를 대하는 듯한 시적 화자의 태도는 그것이 숭고한 아름다움을 지니고 있기 때문이다. 그것은 "제 몸 밖을 꿈꾼 적 없는 사내"로서 자신에게 주어진 길을 묵묵히 걷는 낙타, 혹은 성자의 모습을 지니고 있다. 그의 내부에는 "곁을 내주며 서로 품고 돌아가는/ 톱니의 가계家系"가 자리잡고 있어서 조화로운 전근대적인 사회라든가 신의 뜻대로 세상이 운영되는 섭리의 원리를 체현하고 있다.

그것이 지닌 풍모는 어떠한가? 그것은 "속도전의 시대"에 존재하면서도 "아날로그식 보폭"을 유지하고 있다. 시적 화자는 사내의 보법을 배우고 싶다"고 고백하고 있는데, 사내가 견지하고 있는 보법이란 세태의 변화에 아랑곳 하지 않는 자신만의 고유한 가치를 지키는 보법이다. 중세의 시대가 끝나가고 있는데도 그러한 세계 속을 종횡무진 돌진하는 돈키호테의 보법을 닮았다. 그것은 "고물상도 등 돌리는" 한심한 몰골을 하고 있지만, "또박또박 걸어가" "무량한 세계"에 가 닿는다. 시적 화자는 "고물상도 등 돌리는 저 몰골"이라고 해서 한심한 듯이 묘사하고 있지만, 그러한 묘사 속에는 시간의 때가 묻어서 반질반질하게 윤이 나는 고색창연한 색채가 뿜어내는 기품과 그윽함을 암시하고 있다. 그러하기에 그것은 "무량의 세계"를 걸어갈 수 있는 것이다. 한도 끝도 없는 광활한 세계, 인간의 의식 너머로 사라져버

리는 그러한 아득한 지평에 속하는 괘종시계에서 성스러움과 숭
고의 아름다움을 느끼는 것은 당연한 일이다. 마지막으로 숭고
의 아름다움의 극치를 보여주는 작품을 보자.

　　종로 피맛골
　　외진 그늘자리 목련나무 한 그루
　　불상놈처럼 서있다

　　8차선 도로에서 숨어든
　　직립동물들이 오줌 내갈기고
　　토사물 쏟아놓고
　　고얀 냄새 풍겨대는 사이
　　겨우내 얼고 떨며 노숙하던 나무가
　　마술을 시작하고 있다

　　작은 솜털모자 속에서
　　하얀 새 한 마리 꺼내 놓는다
　　새는 새를 낳고
　　바람을 들이고 꿈을 펴고
　　어느새 새떼가 되어
　　피맛골 좁은 골목
　　새하얀 날개들의 천국이다

　　새들이 봄 햇살 물어 나른다

골 먼지, 찌든 때,

껌 딱지처럼 붙었던 얼룩 닦아내고

연두 빛 새 이파리 들여앉힌다

며칠째 노역으로

골목 묵은 기억을 몽땅 들어낸

목련나무,

세상 환하고 향기로운 걸레를 보았다

— 「걸레」 전문

　우유빛 순백의 아름다움을 지니고 있는 봄날의 목련꽃에서
"걸레"의 이미지를 발견하는 것은 쉬운 일이 아니다. 시인이 사
물의 편에 서서 그것이 지닌 덕성을 읽어주고자 하는 마음이 없
다면 이러한 발상은 어려운 일이기 때문이다. 시인이 봄날 투명
한 아름다움을 지니고 피어나는 목련꽃을 보면서 그것을 "향기
로운 걸레"로 예찬하는 것은 역시 목련이 지니고 있는 숭고한 아
름다움과 성자의 덕성을 보았기 때문이다. 그렇다면 목련꽃이
지니고 있는 덕성이란 무엇인가?
　목련나무는 종로의 피맛골 자리에서 "불상놈처럼 서 있다."
목련나무가 불상놈처럼 서 있는 것은 그것이 버릇도 없고 예의
도 차릴 줄 몰라서 그러는 것이 아니라 애써 천한 역할을 자임하
고 있기 때문이다. 그는 직립동물들이 내갈긴 오줌이라든가 "고
얀 냄새 풍겨대는" 토사물들을 청소하고 정화하는 역할을 담당
하고 있는 것이다. 목련나무는 어떻게 그러한 궂은일을 해내는

가? "작은 솜털모자 속에서/ 하얀 새 한마리 꺼내 놓는" 데서부터 모든 일이 시작된다. 새는 또다른 새들을 낳고, 또한 새들은 "바람을 들이고 꿈을 펴고", "봄 햇살 물어 나르"고, "골 먼지, 찌든 때,/ 껍딱지처럼 붙었던 얼룩 닦아내고/ 연두 빛 새 이파리를 들여앉히"고 결국은 "골목 묵은 기억을 몽땅 들어낸"다.

　목련나무가 작은 솜털모자에서 꺼내놓은 새 한 마리는 물론 목련나무가 피워 올린 목련꽃의 은유일 것이다. 하지만 어떻게 목련꽃 한 송이가 그처럼 많은 일을 해낼 수 있을까? 그것은 바로 목련꽃이 새와 같은 속성을 지니고 있기 때문이다. 이 시집에서는 새를 다룬 시가 두 편 있는데, 먼저 「홀딱빗고새」에서는 검은등뻐꾸기라는 새가 등장한다. 그것은 "부처님 앞에서도/ 홀딱 벗고—/ 비구니스님 목탁 위에도/ 홀딱 벗고—"라고 노래하면서 "깊은 도량에" "음란코드를 심어놓"는다. 또한 「부처와 함께 놀다 −미안야 순례 4」에서는 참새 한 마리가 등장하는데, 그것은 "부처님 머리위에 물똥을 냅다 갈기"고 달아난다. 이처럼 권위와 신성을 무시하는 검은등뻐꾸기라든가 참새 한 마리는 성스러운 성격을 지니고 있다. 부처님의 권위라든가 선악의 도덕 관념과 같은 인간적인 차원에서 벗어나 어린아이의 그것과 같이 순진무구한 천품을 유지하고 있기 때문이다. 세상의 오물을 정화하고 치유하는 목련꽃이 새에 비유되는 것은 이영식 시인의 문법에서 지극히 자연스러운 셈이다.

　목련꽃은 그 색깔처럼 소박하게 가장 낮은 자리에 임하며 직립동물들이 만들어내는 오물들을 치우고 정화한다. 그래서 시인은 그것을 "세상 환하고 향기로운 걸레"라고 명명한다. 가장 낮고 가장 지저분한 오물에서 자라면서 주변을 환하게 정화시키는 목련은 가장 더러운 진흙에서 아름다운 꽃을 피우는 연꽃과 다르지 않는 셈이다. 목련꽃에서 성자의 모습을 발견하고 그것에 숭고한 아름다움을 부여하는 시적인 발상은 지극히 이영식적인 것이다.

아우슈비츠 사건 이후에 더 이상 서정시를 쓰는 것은 불가능하다는 진단이 횡행하는 시대, 그리고 미래파 이후 전위와 환상만이 현대적인 시의 문법이 될 수 있다는 믿음이 횡행하는 시대, 이영식 시인은 왜 서정시가 써져야 하고 읽혀져야 하는지를 증명하고 있는 것처럼 보인다. 서정시가 지닌 저력과 힘이 결코 연약하지 않음을 몸소 보여주고 있다. 기술복제 시대에 언어의 유희로 제작된 텍스트가 흉내낼 수 없는 수공업적 예술 창작이 지닌 기품과 분위기를 통해서 시인은 제작된 작품이 가지기 어려운 그늘과 깊이의 아우라를 창출하고 있다. 그것은 성스러운 분위기를 자아내고 숭고의 아름다움을 발산한다. 시인이 창출하는 숭고한 아우라가 너무나 매력적이고 강력하기에 종교적이고 제의적인 예술의 본질이 인쇄시대와 정보화 시대에 살아남았듯이, 요즘 시끄럽게 떠들어내는 포스트 휴먼 시대라는 4차 산업혁명의 시대에도 여전히 돌올히 살아남아서 포스트-휴먼의 영혼을 정화해줄 것이라는 희망을 갖도록 한다.

이영식 시집

꽃의 정치

발　　행 2020년 2월 10일
지 은 이 이영식
펴 낸 이 반송림
편집디자인 김지호
펴 낸 곳 도서출판 지혜 · 계간시전문지 애지
기획위원 반경환 이형권
주　　소 34624 대전광역시 동구 태전로 57, 2층 도서출판 지혜 (삼성동)
전　　화 042-625-1140
팩　　스 042-627-1140
전자우편 ejisarang@hanmail.net
애지카페 cafe.daum.net/ejiliterature

ISBN : 979-11-5728-387-3 03810
값 10,000원